LES CARACTÉRIELS

Martial Cavatz

LES CARACTÉRIELS

ALMA ÉDITEUR

Alma Éditeur a bénéficié pour sa diffusion et sa commercialisation d'un partenariat avec la Société Nouvelle Éditions Anne Carrière.

ISBN : 978-2-36279-628-9

Pour Yvain Guerrero

Il faut rire avant que d'être heureux, de peur de mourir sans avoir ri.

La Bruyère, *Les Caractères*

COMMENT ÇA COMMENCE ?

Dans la cour de l'école maternelle, à l'heure de la récré, les enfants s'amusaient joyeusement. J'en étais.

Les filles jouaient à la marelle, j'aimais les regarder. J'aimais les voir sautiller à cloche-pied, admirer leurs jolies jambes, que le soleil avait fait bronzer durant les vacances estivales. Et je continuais à les contempler, après l'école, assis sur les marches de la cage d'escalier, dans l'air du soir qui commençait à se rafraîchir alors qu'elles accrochaient leur élastique entre deux poteaux sur le parking. Elles sautaient en croisant et décroisant les jambes tout en disant : « Co-ca-Co-la. » Je regardais encore et toujours les mollets des filles, que leurs robes laissaient apparaître. Ici, au milieu des barres d'immeuble, il y avait de la grâce et de la beauté. Parfois elles s'arrêtaient, l'une s'approchait de l'autre, mettait ses mains en porte-voix et, collées à l'oreille de sa copine, elle lui disait un secret, puis toutes deux riaient. Ça sentait bon la joie et l'innocence de l'enfance. Lorsque l'heure du repas arrivait, on avait la tête pleine d'images fantastiques ;

devant la soupe alphabet, on pouvait s'imaginer que chacune des lettres était une petite fille jouant en bas de l'immeuble.

Les garçons se trouvaient plutôt du côté du bac à sable et de la balançoire à bascule, qu'on appelait le « tape-cul ». Ça jouait aux billes en enviant les chanceux qui en possédaient le plus, ils se promenaient, très fiers, avec leurs sacs pleins. Le seul moyen de réparer cette injustice était de remporter l'une des parties qui se déroulaient un peu partout par petits groupes de quatre ou cinq. Le vainqueur partait avec les billes de tous les autres. Toutes ne se valaient pas, celles que nous voulions posséder en nombre, c'étaient les agates. C'est lors d'une de ces parties que je me suis blessé. J'ai voulu récupérer ma bille partie sous le tape-cul, l'enfant dessus ne m'a pas vu, je me suis pris la balançoire sur le nez, résultat : trois points de suture et une cicatrice indélébile. Une autre cicatrice du même type se trouve sur ma main. Ma mère était alors en train de couper la tarte aux pommes qu'elle venait de sortir du four, je me suis montré trop impatient et gourmand en voulant récupérer ma part avant qu'elle ait fini, le couteau, au lieu de couper la pâte brisée, s'est retrouvé en contact avec ma main. Je vivais alors une vie pleine d'aventures extraordinaires desquelles ces deux cicatrices peuvent témoigner.

Filles et garçons jouaient parfois ensemble. Le long du grillage qui délimitait la cour de l'école maternelle, il y avait un peu de végétation, de petits arbres aux belles feuilles vertes. Quand nous n'étions pas occupés à regarder passer les gens qui empruntaient le chemin devant l'école pour aller faire leurs courses, dans l'espoir de voir nos mamans, nous arrachions les feuilles des arbustes et nous disions que c'étaient des billets de banque. Avec cette monnaie imaginaire, nous achetions des tas de choses tout aussi imaginaires : des voitures, des maisons, et allions jusqu'à salarier nos camarades pour qu'ils exécutent des tâches, elles aussi imaginaires. Au moment de la sonnerie, les enfants se déplaçaient, telle une armée de sauterelles, avant de regagner de façon plus ordonnée leurs classes respectives. C'était vraiment bien. De retour à ma table, devant la feuille en papier Canson et au milieu des crayons de couleur, je pensais à tout ça. Mes récrés se passaient donc ainsi, j'étais plein de pognon, entouré de gonzesses. C'est après que ça s'est dégradé.

En fait, socialement, moi, je suis un déclassé.

I

GRANDIR AU QUARTIER

Aux 408, ce petit quartier bisontin, il y avait tout sur place : un centre social, une MJC, une crèche, une école maternelle, et un centre commercial où se trouvaient une pharmacie, un boucher, un coiffeur, un bureau de tabac et une supérette.

La supérette était le lieu principal de la galerie marchande, elle s'appelait *Le Sup*. Une des caissières ressemblait à Dorothée, je le lui avais d'ailleurs fait remarquer alors que j'accompagnais ma mère jusqu'au rayon frais où la vendeuse rangeait des yaourts. Elle m'a souri. Cela a moins amusé ses collègues quand ils m'ont attrapé essayant de sortir avec deux paquets de Malabar cachés sous mon pull. Je m'étais un peu emballé, pris dans l'euphorie de mon succès précédent qui m'avait permis de partir avec un paquet sans me faire prendre. Ce qui m'avait paru injuste, c'est que les Malabar, je ne les avais pas tous gardés pour moi, je les avais partagés avec les copains à l'école. Je m'estimais bien mal récompensé pour ma générosité. L'air penaud, je regardais les familles sortir du magasin avec leurs Caddies remplis à ras bord.

Les Caddies à pièces n'existaient pas encore, alors ceux-ci n'étaient pas toujours rendus à la sortie du magasin, les familles traversaient tout le quartier avec, s'évitant de porter de lourds sacs de commissions. Ils finissaient bien souvent abandonnés au pied des cages d'escalier ou dans les caves. Ils trouvaient une seconde vie, puisque les enfants s'en servaient pour jouer, organisant parfois des courses. Les enfants n'étaient pas plus mauvais ici qu'ailleurs, c'est juste que les urbanistes ne s'étaient pas montrés très généreux. Il faut bien reconnaître qu'un tourniquet, un toboggan, deux balançoires, un bac à sable pour tout un quartier, ça faisait quand même peu. Or, il faut bien s'occuper, et, à cet âge où on a tant d'énergie à dépenser, ils étaient bien trop petits pour se lancer dans des rodéos à mobylette ou à scooter, et le Caddie n'était finalement que l'équivalent urbain de la brouette avec laquelle jouent les petits dans les campagnes. Pour trouver le sommeil, le soir venu, les Caddies sont tout de même préférables aux somnifères.

Habituellement, quand je n'étais pas retenu, comme ce jour-là, je prenais, au bout des caisses, une pile de prospectus en noir et blanc qui avaient l'avantage de n'être imprimés que d'un côté. Une fois de retour dans ma chambre, je passais mon temps à dessiner sur le côté vierge. Faute de bureau, c'est, avachi sur le lino, que, stylo-bille à la main, je représentais un monde idéal tel que je me l'imaginais. En gros, un monde dont je serais le chef suprême. Dans mes dessins, on ne trouvait pas de maisons avec des familles heureuses, mais plutôt des chars, des soldats qui se faisaient la guerre. Même quand je jouais seul, je n'étais guère porté par des pulsions pacifiques. Je m'étais inventé une ville dont j'étais le chef, je repoussais avec mes hommes d'hypothétiques envahisseurs. Outre la direction des troupes, je menais l'interrogatoire des suspects en les tabassant pour les faire avouer.

Sortant du magasin, les mains pleines de prospectus, je me rendais ensuite au bureau de tabac afin de dépenser la monnaie des courses, qu'on m'autorisait à garder. Devant le buraliste en chemisette, j'expliquais que je voulais des bonbons, mais qu'*en même temps* il fallait qu'il me reste un peu de monnaie. Ça me donnait surtout l'impression de ne pas me faire arnaquer. Pourtant, le bureau de tabac, c'est bien le lieu où l'on se fait escroquer quand on est gamin. Lorsqu'on a commencé tout jeune par les images Panini, on est mûr pour devenir fumeur à l'adolescence. Certains pourront toujours s'aventurer à expliquer que ces albums produisaient du lien social par la nécessité de développer une intense activité d'échanges d'images en double : les faits sont là, personne n'a pu, ou ne connaît quelqu'un qui a pu, finir son album. Que ce soit celui des Tortues Ninja ou celui de foot, tous deux ont été abandonnés alors que la moitié des pages restait à remplir.

Bref, il y avait tout aux 408, nous n'avions même pas besoin de sortir de notre enclos. En même temps, voulait-on vraiment que nous en sortions ?

*

Le matin, les lumières des cuisines s'allumaient une à une. Il était trop tôt pour que quelqu'un vienne observer ce spectacle assez sympathique. De toute façon, il n'y avait pas besoin de témoin extérieur pour remarquer que certains volets restaient clos. Ceux qui se levaient savaient, et leurs enfants aussi. Les cuisines qui restaient éteintes étaient celles des familles qui ne travaillaient pas. C'était la honte.

Le quartier, c'est comme un village, tout se sait, tout le monde s'épie et commente ce que font les autres, il n'y a pas d'anonymat possible. Cette absence d'anonymat peut éviter de se prendre un mauvais coup lorsque les plus grands sont en affaires dans une cage ou sur le parking, la tête connue est immunisée et n'est pas vue comme un ennemi. Mais ça limite les possibilités de cacher ce qui est gênant. Les voisins ne pouvaient ignorer qu'à la maison personne ne se levait le matin, tandis que moi, je voyais partir et revenir les parents de mes camarades. Ils n'avaient pas un travail extraordinaire, mais au moins, ils en avaient un, et cette aura rejaillissait sur leurs enfants. Moi, j'étais entaché de la honte d'avoir une famille qui vivait des aides sociales. Les volets encore fermés aux aurores signaient le forfait de mes parents. Tous pouvaient voir où logeait la famille d'indélicats. Certes, nous n'étions pas les seuls dans cette situation, mais ça ne protège en rien, la honte, ça ne se partage pas et ça ne se divise pas.

Quand on a des parents qui vivent des prestations sociales, on hérite d'un sentiment de honte et d'usurpation. Tout ce que vous avez peut vous être reproché comme indu, comme provenant des impôts des parents de vos camarades. Comme si, au final, vous leur étiez redevable de quelque chose qu'il faudrait leur rendre. Les chaussures, les vêtements, les bonbons, tout ça provenait indirectement de l'argent des autres. Le taux d'imposition ne devait pas être très élevé, et tous ne devaient pas être imposables, mais pour supporter les métiers ingrats auxquels ils étaient condamnés, il fallait bien se trouver une fierté. Le mépris qu'ils subissaient à l'extérieur, ils l'importaient au quartier. Les humiliations des petits chefs, le regard hautain du passant devant celui qui balaie la cour, la discrétion et l'invisibilité que l'on impose à la femme de ménage, tout ça était d'une violence extrême. Pour survivre, il fallait pouvoir s'en libérer en rentrant. Un peu comme l'enfant martyrisé à l'école qui est tout content de se trouver, un jour, un plus faible qu'il peut à son tour malmener.

Il y avait des privilégiés, et ils l'ignoraient. Et moi je les enviais. Car oui, je rêvais tellement d'avoir des parents qui travaillent, peu importe le métier. D'ailleurs, un boulot, je leur en ai trouvé rapidement un, il fallait bien. Le fichage ne date pas d'Internet, déjà, pour la moindre activité, il fallait indiquer sur la feuille de renseignements la profession des parents sous le regard de son voisin de table. J'avais très vite décidé que, lorsque je serais à l'extérieur du quartier, je dirais que mon père était maçon, ça me semblait suffisamment vague pour ne pas faire l'objet de vérification. Et c'est vrai qu'à cette époque les hiérarchies sociales étaient encore très abstraites pour moi, faute de pouvoir voir plus loin que mon milieu. Alors, oui, maçon, ça aurait parfaitement fait l'affaire. Comme tous les pauvres, je savais me montrer modeste dans mes aspirations, et, pourtant, même ce peu n'était pas atteignable.

Il y avait donc ici des privilégiés, et tout le monde l'ignorait. La cité, vue de l'extérieur, c'est un sac-poubelle, on n'a pas trop envie de s'attarder sur le contenu. C'est juste un tas de pauvres.

*

Les 408, c'étaient trois barres d'immeuble, mais pas que. Il y avait là aussi trois femmes assises sur un banc, on les appelait « les Commères ». Elles n'étaient pas bien vues.

On les soupçonnait de dire du mal de tout le monde, alors tout le monde en disait du mal. On racontait qu'à passer leur journée là, à ne rien foutre, on se demandait bien ce qu'elles faisaient à becter à leurs maris. Ils ne devaient bouffer que des boîtes de conserve, disaient nos parents tout en nous servant des haricots en boîte. Pas que nos mères soient des feignasses, mais on repartait rarement de la Banque

Alimentaire avec des produits frais. Surtout, on disait que c'étaient elles qui commandaient leurs maris et qu'ils étaient bien cons de se laisser faire. Si ç'avait été de vrais mecs, ils auraient dû leur foutre une bonne raclée pour les calmer.

Moi, je jouais à côté d'elles dans le bac à sable avec mes chevaux en plastique que m'avait offerts mon éducatrice. Je n'entendais pas ce qu'elles disaient, ce qui fait que je ne sais pas si elles étaient méchantes. De là, je voyais, le soir venu, leurs maris rentrer du boulot sur leurs mobylettes. Alors, elles se levaient de leur banc. J'imaginais de pauvres maris mangeant leur soupe, sur la table de la cuisine en Formica, servie par d'horribles mégères. Mais bon, à l'époque, je me disais déjà : « Chacun sa merde. » En l'occurrence, ma merde, c'était que l'une d'elles avait fait un gosse, un beau blond, aux cheveux impeccables, le genre de mec qui porte en lui la classe, qu'on ne peut qu'à la fois envier et détester, car on aimerait tellement être lui et bénéficier de son aura. Il n'y avait pas besoin d'aller bien loin pour se rendre compte que l'on ne naît pas tous égaux.

Je le croisais dans le bus et je sentais son regard réprobateur posé sur moi. Il ne m'a jamais rien dit, mais je voyais bien qu'il me dévisageait de l'air de celui qui sait. Que pouvait-il savoir de plus que les autres ? Pas grand-chose. Mais on sentait qu'il avait un avis sur la question. On voyait bien qu'il me reprochait d'avoir des parents dont on disait au quartier qu'ils étaient un peu fous, car ils s'engueulaient tout le temps. Plus tard, j'aurais voulu aller le voir, lui annoncer :

« Mec, je viens d'avoir mon brevet », « Eh, écoute ça, je suis au lycée ! », « Tu sais quoi, je viens d'avoir mon bac ! » Il me faisait comprendre que, pour lui, je n'étais qu'une merde. Il n'est coupable de rien, je ne lui en veux pas, et, la vie sachant s'amuser avec nous tous, il est fort probable qu'il ait aujourd'hui une situation plus enviable que la mienne. Ainsi, son jugement initial serait confirmé. Mais c'est dommage, quand même, qu'il ne sache pas pour mon bac…

Les trois immeubles ont depuis été rasés, il arrive parfois que je croise un ancien du quartier qui vient me saluer en me disant : « 408 ou pas ? » alors qu'à l'époque il ne me parlait pas, mais je n'ai jamais revu le blond.

*

Les journées pouvaient se passer juste là, le cul posé sur les marches de la cage d'escalier. Le soleil nous éclairait aussi bien ici qu'ailleurs, alors à quoi bon se déplacer ? D'autant que bouger d'ici pouvait s'avérer dangereux…

Il y avait alors un jeu au quartier auquel il était possible de participer sans avoir vraiment donné son accord. Un jeu passionnant qui se pratiquait en équipe : le grand frère et la sœurette, à la satisfaction des parents, qui voyaient ainsi l'aîné assumer son rôle en s'occupant de la plus petite. Les sociologues ne venaient pas ici, sinon, eux aussi auraient été contents de voir enfin une activité non genrée, qui n'excluait pas les filles. Le principe était simple, vous marchiez tranquillement, une petite fille venait vers vous, paisiblement, dans sa jolie robe et ses sandalettes, vous regardait avec ses yeux d'ange et, subitement, vous crachait à la gueule. Si, en plus de vous essuyer le visage, vous croyiez utile de lui mettre une tarte dans la gueule, vous aviez perdu, c'est que vous n'aviez pas vu l'adolescent en jogging qui vous observait à quelques mètres. Perdre consistait à se faire casser la gueule avec ces douces paroles : « Ouah, enculé, ça va pas, taper un plus petit, en plus c'est ma sœur, je vais te défoncer ! » Gagner consistait à subir l'humiliation et à continuer son chemin en évitant les coups. Gagner, ce n'était donc déjà rien d'autre que survivre.

Alors, valait mieux rester là, tout seul, ou avec les copains, à toiser tous ceux qui passaient et insulter ceux qui avaient l'outrecuidance de s'approcher trop près. Le chœur parfaitement synchronisé criait alors : « Eh, bâtard ! qu'est-ce que tu fous là ? C'est pas ta cage. » La fierté d'être du quartier était en nous et nous faisait dire à tous, et graffiter pour certains : « Les 408, c'est les meilleurs », « Clairs-Soleils, c'est des pédés », « Planoise, des fils de putes », etc. Mais ces autres que nous avions transformés en ennemis ne croisaient jamais notre route, alors il fallait bien s'inventer des adversaires plus proches. À quoi peut bien servir la fierté de son lieu d'habitation, de créer des frontières, si on ne peut pas taper sur la gueule de ses voisins ? On faisait donc les malins, protégeant ce bloc de béton en jurant et crachant par terre, sous les regards amusés de nos parents, qui étaient bien heureux de nous avoir sous leurs fenêtres pour vérifier qu'on ne faisait pas de conneries.

On n'est pas d'un pays, mais on est d'une ville. Nous, nous étions mieux que ça, nous étions d'un quartier, mais surtout d'une cage d'escalier.

*

La mère des autres, elle avait l'air vachement bien… Qu'est-ce qu'on aurait aimé que ce soit la nôtre.

La mère des autres, c'est elle qui préparait des gâteaux pour la fête de l'école maternelle. Elle discutait souvent avec l'institutrice, on voyait qu'elles s'entendaient bien. L'institutrice devait se dire que c'était appréciable, des mères qui s'occupent aussi bien de leurs enfants. La nôtre, elle ne parlait pas trop avec l'institutrice, déjà parce qu'elle n'aurait pas su quoi lui raconter, mais, surtout, quand celle-ci causait avec notre mère, c'était pour lui reprocher des trucs. Genre, pourquoi on n'était pas venu à l'école, tel ou tel jour. Notre mère, elle savait bien qu'elle avait merdé, mais elle ne pouvait pas dire que c'était parce que personne ne s'était réveillé. Déjà qu'il faudrait qu'elle explique ça à l'assistante sociale… Pour notre mère, l'école, ce n'était que des problèmes. Ça tombait bien, nous, d'ailleurs, on lui disait de ne pas y aller, qu'on réglerait le truc nous-mêmes. Notre mère, on ne voulait pas trop la montrer aux autres.

Les enfants de la mère des autres, ils n'étaient pas toujours sympas avec la leur, alors qu'elle leur achetait de beaux vêtements à la mode et qu'elle leur passait la main dans les cheveux. Parfois, ils piquaient des crises devant l'école. Nous, on aurait tellement aimé avoir une mère comme ça, que c'est sûr on aurait été gentils. On était prêts à passer un entretien d'embauche. On aurait tellement promis de bien se tenir que, si ça se trouve, elle aurait bien voulu. Pourtant, comme des cons, on n'a jamais osé demander. On manquait déjà d'initiative. Les enfants de la mère des autres, ils étaient comme nous, ils ne voulaient pas trop la montrer, pas par peur qu'on la leur pique, mais, eux aussi, ils en avaient honte. La mère des autres, elle devait lire des magazines de psychologie qui expliquent que c'était normal qu'ils se comportent ainsi. Elle ne devait même pas penser que c'étaient des ingrats.

En fait, les ingrats, c'était nous. Notre mère menait sa barque dans la tempête. Elle portait à bout de bras un monde en débris. Nous, on ne s'en rendait pas compte, car elle ne se plaignait jamais. Elle ne devait même pas savoir que ça se faisait, de se plaindre. On lui disait souvent que, la mère des autres, elle était vachement mieux qu'elle. Elle répondait qu'il fallait se méfier des apparences, et s'en retournait à sa lessive. C'est plus tard, peut-être trop tard, car le mal qui a été fait ne se répare jamais, qu'on a saisi. Il y en a tant qui ont eu une mère moins bien que la nôtre. On ne les voit plus depuis longtemps, mais on sait bien où ils sont, quelle est leur vie. On a compris désormais que le peu que l'on a, on ne le doit pas qu'à l'école républicaine ou à notre talent, mais aussi à elle, qui a tout fait pour que le pire soit moins pire. Finalement, la mère, la nôtre, elle n'était pas si mal.

*

Mon beau-père, je ne l'aimais pas. Lui non plus, d'ailleurs. Pourtant, pouvait-on dire qu'on se détestait ? Nous étions plutôt chacun sur notre route et, quand, par hasard, celles-ci se croisaient, ça faisait des étincelles. Mais que sait-on des sentiments profonds de deux silex ?

Il avait connu ma mère dans les locaux de ce qui s'appelait encore à l'époque l'ANPE, ce qui prouve l'utilité de ce service public qui, à défaut de trouver du travail, permet aux pauvres de se rencontrer ailleurs que dans les locaux de la CAF. Ils se sont tournés longtemps autour, écrit des lettres ; il lui avait même enregistré des compilations de chansons sur des cassettes. Le romantisme n'est pas uniquement réservé aux bourgeois, ils savent juste mieux le mettre en scène. Il a essayé aussi un peu de me séduire en m'offrant un poster de Michael Jackson et en m'achetant des bonbons.

Une fois en couple, ils passaient leur temps à s'engueuler, je les entendais au loin en rentrant de l'école. Dans le quartier, notre réputation était assurée. Entre deux engueulades, leur principale occupation consistait à aller faire les courses tous les jours. Ça leur faisait une sortie. Au milieu de ce quotidien si peu passionnant, il devait bien y avoir de l'amour, puisqu'ils sont restés longtemps ensemble alors que lui ne rapportait aucun revenu. Parfois, il disait qu'il en avait marre, que, puisque c'était comme ça, il se barrait. Il marchait jusqu'à l'arrêt de bus, s'asseyait sur le muret qui se trouvait juste à côté, puis revenait une heure plus tard. Il n'avait nulle part où aller.

Il passait ses journées, au bout de la table du salon, à boire des canettes de bière premier prix, en regardant les séries de M6. Sa seule activité un tant soit peu créative consistait à rouler entre ses doigts de la mie de pain pour en faire de petites boules qui finissaient dans le cendrier. Il ne touchait pas le RMI, faute de connaître les démarches à suivre pour le percevoir. Il s'était rendu une ou deux fois sur des chantiers de réinsertion, mais avait vite abandonné. Un mec m'avait raconté qu'il l'avait vu, un matin, se cacher derrière un arbre au lieu de se rendre au boulot. Moi, je lui disais que je l'emmerdais, qu'il n'était pas mon père, que c'était un porc, qu'il puait. Parfois, on se menaçait.

Une fois, on s'est battus ; à mon grand étonnement, j'ai gagné en le plaquant au sol et en lui pétant deux côtes. La consommation d'alcool, accompagnée de trop rares aliments, l'avait alors affaibli, j'avais eu facilement le dessus. Dès lors, ayant conscience de ma supériorité, j'en profitais pour m'amuser à l'humilier en le faisant tomber de sa chaise ou en lui renversant de l'eau sur la tête. Jeune, on peut vite se laisser aller à être une ordure. Heureusement que les circonstances ne m'ont jamais mis en situation de pouvoir, il est fort probable que je serais devenu un pourri. Ne pas être un gros connard est parfois, hélas, juste un hasard. Pas un effort moral.

Évidemment, je ne me serais pas aventuré dans un combat rapproché avec certains adultes qui traînaient à la maison. Eux, il valait mieux s'écarter de leur chemin quand ils avaient trop bu, et ne pas tenter de leur faire comprendre les risques auxquels ils s'exposaient s'ils vous défonçaient ; après quelques bières, ils n'étaient plus en mesure d'anticiper les conséquences pénales de leurs actes. Ce n'est pas vrai que les gars s'en foutaient d'aller en taule, une fois en cellule, ils déprimaient, ruminaient, l'un loin de sa gonzesse, l'autre parce que son chien lui manquait. Mon beau-père faisait partie des rares à ne plus faire de séjour en prison, il regardait désormais, l'air un peu absent, toute cette agitation. Ce n'était pas un méchant.

*

D'où vient, aux parents, cette idée que les enfants auraient besoin de frères et de sœurs ? Il faut les entendre craindre la solitude de leur petit rejeton, redouter qu'il n'ait personne avec qui jouer, là où une boîte de Lego ferait parfaitement l'affaire.

C'est peu de dire que la naissance de mon frère ne m'a guère enchanté. Je n'avais que 4 ans, mes souvenirs sont imprécis, mais je me rappelle avoir dit à ma mère, alors qu'elle changeait sa couche, lui, paisible sur la machine à laver, qu'elle avait dû le trouver dans une poubelle. Et voilà que quatre ans plus tard, on me refaisait le coup et naissait une sœur, ça puait la planification dans cette famille si peu structurée. Les enfants ne sont pas de vils égoïstes, ils sont juste réellement de gauche, ils veulent le monopole dans le cœur de leur maman et n'être mis en concurrence avec personne. Ils pressentent déjà qu'en matière d'amour la libre concurrence n'engendre que souffrance et frustration, que tout ne peut pas se partager. J'avais, comme tout le monde, cette peur que l'on ne m'aime pas, que l'on ne m'aime pas assez. C'est d'ailleurs à l'occasion de cette naissance que j'ai acquis la conviction que l'on ne m'aimait pas. Mon beau-père était d'accord pour garder mon frère à la maison, tandis que ma mère serait à la maternité. Mais pas moi. Il paraît que j'étais trop turbulent. C'est comme ça que je me suis retrouvé à passer une semaine dans un foyer.

Le foyer, c'est comme un internat, les repas pris le soir dans la salle commune, les chambres collectives avec des connards essayant de vous arnaquer, vous empêchant de jouir d'un peu de silence et de solitude. Le foyer offrait un petit plus, qu'on ne trouve pas forcément à l'internat, la sortie du mercredi après-midi accompagnée des éducateurs. Cette semaine, ils tenaient à ce qu'on aille se promener en forêt, une idée aussi enthousiasmante que manger des épinards. Mais ils disaient que ça nous ferait du bien. C'est incroyable, lorsqu'on est petit, le nombre de personnes qui veulent votre bien, le problème c'est que ça continue tout au long de l'existence. Moi, j'avais tout de suite fait savoir que ça ne m'intéressait pas, l'éducatrice m'avait alors répondu qu'on ne faisait pas toujours ce qui nous plaisait et, peut-être, qu'elle, ça l'embêtait de m'emmener voir ma mère à la maternité. Tout en l'écoutant, je regardais les belles baskets blanches que j'avais aux pieds. Belles, donc pas à moi. C'était le foyer qui me les avait prêtées. Elles ressortaient bien sur le sol marron de la forêt, au milieu des herbes et des feuilles.

Le dernier jour, j'ai tenté de partir avec. Je me suis fait choper par l'éducatrice, qui a dit que j'étais malhonnête. Franchement, une paire de pompes en moins, qu'est-ce que ça pouvait leur foutre au foyer et à l'éducatrice ? Ils auraient pu faire un heureux avec pas grand-chose.

*

Le policier était assis à la table de la cuisine, il n'était pas venu pour boire l'apéro, c'est certain. Quand la police passait à la maison, c'est qu'il y avait un truc à démêler.

Ça pouvait être une histoire de baston avec des voisins ou, le plus souvent, une bagarre entre invités après trop de bières, un truc qui avait été volé quelque part et qui aurait pu se trouver ici. Ou même parce qu'il y en a un qui avait essayé d'enculer l'autre. Ça, c'est arrivé une fois, et je ne suis même pas sûr que ce soit vrai. On me l'a raconté... Je rentrais de je ne sais plus où, de je ne sais plus quoi, quand j'ai vu un pote de mon beau-père sortir, accompagné des flics, avec un bel œil au beurre noir. Mon beau-père a dit : « Le salaud, il a voulu m'enculer. » Ma mère m'a expliqué que le mec lui avait reproché de lui avoir volé son homme. Tout ça en fait n'était pas très clair, il est probable que le gars en question ait simplement déclaré sa flamme et que cela ait été traduit par mon beau-père par le fait qu'il voulait l'enculer. Il est possible aussi que l'autre ait essayé. Ici personne ne faisait trop dans la subtilité.

Ce jour-là donc, le policier était assis à la table de la cuisine et, comme il était poli et qu'il semblait vouloir régler l'histoire pacifiquement, il avait posé sa casquette sur la table. Il n'aurait pas dû... Je l'ai aussitôt prise. Je l'ai mise et j'ai commencé à faire le malin. Ça a fait rire le policier. Ce qui a surtout fait rire tout le monde, c'est que je ne voulais plus la rendre. Et je dis bien tout le monde, parce que le policier semblait aussi trouver ça amusant. On a eu de la chance, avec un policier plus nerveux, tout cela aurait pu finir en bavure. Alors, du haut de mes 5, 6 ans, je jouais, content de l'effet provoqué, dans ce petit appartement dont le carrelage était complètement foutu – il était, par endroits, entièrement usé, laissant apparaître des traces marron –, mettant un peu de joie au fond de cette misère que ni moi ni mes parents ne mesurions pleinement.

Le policier est reparti sans avoir résolu l'affaire qui l'avait amené, ce n'était pas grave, puisque tout le monde avait passé un bon moment.

*

Les caves de l'immeuble, c'était quelque chose… Du moins, il paraît, parce que, moi, je n'y allais pas souvent.

Elles étaient faites d'espèces de blocs en béton dont la partie avant n'était qu'un assemblage de planches réunies comme celles d'une cagette, il n'était pas difficile de les défoncer en y foutant un ou deux coups de latte. On pouvait se cambrioler les uns les autres assez facilement. C'est important, les relations de voisinage. C'était vraiment un endroit où les habitants de l'immeuble pouvaient exprimer tout leur amour dans la joie du « vivre ensemble », je peux en témoigner. Une fois, je descendais tranquillement les escaliers avec les poubelles, j'ouvre la porte et j'entends dans la pénombre : « Attention, c'est pas lui ! » Devant moi, un couple de voisins tentant, chacun maladroitement, de cacher une barre à mine qui était destinée à finir dans ma gueule si j'avais été « lui » – c'est-à-dire mon beau-père – et pas « moi ». Ce jour-là, je n'ai jamais été aussi heureux de n'être que moi.

À part pour les poubelles, la cave, je n'y mettais pas les pieds. C'était un lieu mystérieux dont on entendait beaucoup parler sans y avoir vraiment accès quand on était petit. Et ce n'était pas plus mal. Dans ces couloirs un peu sombres d'où émergeait une odeur de renfermé, il s'en passait des choses, c'est du moins ce qui se disait. Un carton posé sur une poubelle pouvait servir à tester son pistolet à grenaille, on y faisait du business d'objets volés, du deal de shit, et il y avait des ados qui parfois pionçaient là en attendant que ça se calme un peu chez eux. La seule chose un peu amusante, c'est que les caves communiquaient toutes entre elles, de sorte que l'on pouvait entrer par celle d'une cage d'escalier et sortir par une autre. Une fois fait, on s'en lasse vite. L'unique intérêt aurait été de voler le vélo- cross d'un voisin, mais il s'en serait immédiatement aperçu, et serait venu le récupérer à coups de poing lorsqu'il aurait vu l'indélicat parader avec en bas de l'immeuble. Pour assumer un vol aux yeux de tous, il faut être suffisamment costaud.

Comme les catacombes, les caves, ça faisait peur. Mais surtout, il n'existait pas dans la barre d'immeuble de guide pour nous en faire apprécier les trésors cachés. Ni l'école ni la MJC n'y organisaient de visites.

*

On l'entendait de loin, car Popeye était un petit vieux un peu chiant qui râlait tout le temps. Il arrivait le vendredi, garait sa Peugeot 504 sur le parking et venait chez nous, en boitant à cause de sa hanche en plastique, avec ses affaires qui comprenaient *Le Nouveau Détective* et son saucisson.

Popeye était un petit homme à la retraite, très seul, qui passait ses week-ends à la maison. Il s'installait alors à la table de la cuisine, posait sa casquette, et commençait à couper en rondelles son saucisson et à nous en distribuer des morceaux, il demandait à notre mère de nous donner un verre de limonade. Elle en profitait pour lui servir un verre de côtes-du-rhône, son vin préféré. Il avait ramassé ma mère quand elle faisait la manche vers la gare. Ils sont restés amis. Il ne fallait pas attendre longtemps pour qu'il sorte des blagues beaufs, tienne des propos racistes et déclare bien haut qu'il était pour la peine de mort pour les assassins. Il avait sa couche de connerie, mais il n'y avait pas besoin de gratter beaucoup pour voir que c'était un mec bien.

Ma sœur étant la seule fille, elle avait toute son attention, et souvent au détriment de mon frère, dont il était pourtant le parrain. Il la prenait sur ses genoux et la couvrait de compliments. Il disait qu'elle était intelligente, qu'elle irait loin... Ce qui signifiait travailler un jour dans un bureau, parce que, des gens comme ça, ici personne n'en connaissait, être secrétaire paraissait être le début de la success-story. Il n'avait pas eu d'enfants, et je ne crois pas qu'il ait été longtemps, ni même vraiment, en couple avec quelqu'un. On était en quelque sorte sa seule famille. D'ailleurs, son frère habitait dans le même immeuble que nous, mais il semblait n'avoir guère de contact avec lui.

Après quelques verres, Popeye avait la larme facile. Il nous racontait, en pleurant, comment sa mère l'avait abandonné, lorsqu'il avait 3 ans sur un tas de sable, et avait fini à l'assistance publique. Il lisait, dans le même état, *Le Nouveau Détective*, stupéfait qu'il était par l'horreur de ce monde. Il nous montrait des articles tous plus atroces les uns que les autres. Il était question de personnes jetées aux requins, de filles violées et assassinées dans les bois… Le tout était illustré par des dessins effrayants et réalistes en noir et blanc. Quand il était bien bourré, il disait à notre mère de faire attention à bien nous élever sinon, ça lui pendait au nez, on finirait par l'assassiner.

Savoir lire et écrire lui paraissait essentiel, même s'il ne lisait rien en dehors du journal, on peut supposer que c'est juste parce que l'occasion ne lui avait pas été donnée. Comme beaucoup de prolos de sa génération, il n'avait pas dépassé le certificat d'études et était parti direct pour l'usine. C'était le grand temps de l'école républicaine et de l'ascenseur social dont gardent un souvenir ému tous ceux qui se trouvaient déjà en haut de l'immeuble… Et qui ne risquaient pas de devoir, comme Popeye, un jour, compléter leur retraite en s'emmerdant à récupérer les boîtes de sardines pour ensuite aller les vendre au kilo à ceux qui reprenaient l'alu.

Revenant d'un séjour à l'hôpital, il avait été tout heureux d'apprendre un nouveau mot, l'infirmière lui avait indiqué qu'elle utilisait un thermomètre tympanique, il lui avait alors demandé d'écrire le mot sur un papier pour en connaître l'orthographe. Au repas du soir, il avait sorti de sa poche le petit papier froissé et nous l'avait montré. Ignorant l'existence du mot, j'étais quand même allé regarder dans le dictionnaire, l'infirmière s'était plantée, elle avait ajouté un *h* là où, moi-même, je l'aurais mis si on m'avait demandé. Je ne lui ai pas dit, il n'aurait pas compris. Les infirmières faisaient partie des gens qui travaillaient dans les bureaux, de cette catégorie exceptionnelle qui avait fait des études et qu'il respectait.

Quand il parlait, je regardais ses mains, auxquelles il manquait des doigts qui avaient fini sous une presse. Car c'était quelqu'un qui avait toujours travaillé, d'ailleurs, il aimait répéter : « J'ai bossé toute ma vie, je ne dois rien à personne. » Comme bien souvent autour de la table, nul ne pouvait se vanter d'un tel exploit, ça lui donnait une once de supériorité. Aucun ne la ramenait... Parfois, il ajoutait : « J'en ai rien à foutre, j'ai déjà un pied dans la tombe. » Ensuite, pour détendre l'atmosphère, il montrait les dessins qu'on trouvait en première page de son *Détective*. Des histoires d'amants cachés dans le placard et de maris qui rentraient trop tôt. Ça le faisait rire...

Son physique en tonneau, court sur pattes avec un gros bide, il ne le devait pas à l'usine, mais au PMU, où il passait ses journées avec un ou deux copains à jouer aux cartes ou au tiercé en buvant du rouge limé. Il était très fier de l'un d'entre eux, dont il nous répétait à l'envi qu'il n'était pas n'importe qui, car c'était un propriétaire. Traduire, « il possédait une vieille bicoque ». Mais pour des pauvres, le fait de posséder quelque chose est un signe de distinction incroyable. Parfois, je l'accompagnais, il me payait une menthe à l'eau et j'écoutais leurs blagues pré-#MeToo un peu lourdes, tout en les trouvant sympathiques. Surtout un, qui me faisait marrer, dont on disait que c'était un gros radin, et c'est vrai que, chaque fois que je venais, ça ne loupait pas, au bout de vingt minutes, quand ça allait être à son tour de payer sa tournée, il regardait sa montre, puis déclarait : « Bon les gars, il faut que j'y aille, j'ai laissé mes patates sur le feu… »

Alors, le reste de la bande regardait partir l'indélicat et se mettait à jouer à la pétanque derrière le bistrot, et, quand le soleil commençait à tomber, les gars expliquaient qu'il fallait qu'ils rentrent sinon leurs gonzesses allaient les engueuler. Popeye était le seul à pouvoir partir l'esprit tranquille, il n'y avait personne qui l'attendait.

*

La mort de Pinpin, ça m'a fait quelque chose. On a dit qu'il était mort d'un AVC, c'était encore plus terrifiant, c'était comme un coup du sort venu de nulle part.

À cette époque, j'étais persuadé que nous devions tous, au moins une fois dans notre vie, nous faire écraser par une voiture, mais pas jusqu'à en mourir. Cette idée avait été renforcée lors d'un séjour à l'hôpital où l'enfant dans le lit à côté du mien m'avait expliqué qu'il avait été renversé par un engin de chantier. S'il avait des plâtres et différentes blessures bien visibles, il était tout sauf mort. Et puis, quand un ami de mes parents a planté sa R25 dans le feu rouge devant les 408, là, je me suis dit que c'était obligé, un jour je me ferais percuter par une bagnole. Ce mec était un sacré phénomène, les gars racontaient qu'il mettait tout son pognon dans les voitures, qu'il finissait toujours par casser. Comme il n'avait pas un rond, il paraît qu'il les achetait en leasing, ce qui, de l'avis de tous, était une vraie arnaque. Mais bon, renversé par une voiture, ça fait déjà vachement peur, mais si, en plus, on pouvait mourir comme ça, du jour au lendemain, sans explication, c'était carrément terrifiant.

Pinpin était le voisin de mon beau-père avant que ce dernier s'installe plus ou moins à la maison. Ils louaient chacun un appartement au-dessus d'une épicerie au bord de la route. Comme l'épicière était la propriétaire des appartements, lorsqu'ils allaient faire leurs courses ailleurs, ils faisaient de complexes détours pour ne pas être vus avec leurs sacs plastiques pleins à ras bord. Pinpin semblait bien m'aimer, parfois il me gardait et jouait avec moi. C'était un grand chauve, ce qui, à l'époque, n'était pas encore à la mode, alors je me disais que c'était un monsieur un peu bizarre, sans que ça me gêne plus que ça. Pinpin n'était pas méchant, il a été chiant une seule fois, quand mon beau-père est venu vivre avec ma mère. Il s'était rendu au quartier avec son bocal de café, il a dit qu'il voulait juste payer un coup. Mais après il s'est mis à faire une crise de jalousie, a cassé son bocal, ma mère a pris peur, a sorti un revolver et tiré quelques coups dans la cage tandis qu'il se barrait en courant. Je ne m'en souviens pas, on me l'a raconté, j'étais trop petit, il paraît que je m'étais caché dans ma chambre. Petit, mais déjà prudent.

De ma chambre, le soir venu, j'en entendais des choses. Je demandais qu'on laisse la porte ouverte afin de profiter un peu de la lumière de la cuisine. Et là, ça parlait beaucoup de la mort, de Pinpin et de celle d'autres. Personne ne voulait accepter qu'il puisse y avoir des morts naturelles, il y avait forcément quelque chose de caché. C'est dommage que tous ces gens n'aient pas connu Internet, ils se seraient éclatés. Hélas, pour eux, leurs théories du complot avaient une audience qui se limitait aux miettes de pain sur la table blanche. Ils racontaient qu'untel avait été retrouvé mort dans les escaliers alors qu'il allait voir sa mère, aucun ne voulait croire à la crise cardiaque diagnostiquée par le médecin. Évidemment, les flics ne feraient jamais d'enquête, mais c'était sûr qu'il avait été chopé par des mecs qui lui en voulaient. D'ailleurs le lendemain, sa mère avait reçu une drôle de visite. Pour Pinpin, était-on vraiment sûr qu'il soit mort d'un AVC, comme ça avait été dit ? Le mec était jeune, on l'avait retrouvé inanimé dans son lit, et on voudrait nous faire croire qu'il n'y avait pas un coup monté derrière tout ça ? À d'autres…

Dans ces conditions, le sommeil n'était pas toujours facile à trouver, la terreur et la curiosité me tenaient longtemps éveillé. Tout ça, depuis la mort de Pinpin.

*

Au quartier, on recevait de la visite, et pas seulement des flics, des éducateurs ou des assistantes sociales.

Quand le cirque est venu planter son chapiteau au pied des immeubles, mon beau-père est allé exhiber ses tatouages devant les forains qui déballaient leur matos. Il leur a raconté qu'il connaissait plein de gitans, et son petit jeu a fonctionné. Il est revenu à la maison avec le linge de l'équipe à laver et, en échange, une invitation à la représentation pour toute la famille. Pour une fois, lui, qui n'avait pas un rond, dont on voyait que les copains ne comprenaient pas comment il avait pu finir avec ma mère et se demandaient, en toute amitié, comment, éventuellement, ils pourraient lui piquer sa gonzesse, se retrouvait mis en valeur. Grâce à lui, on allait voir un spectacle gratos, et, en plus, il pouvait, en quelque sorte, se vanter d'être pote avec les organisateurs.

Faute d'un présent désirable, il était condamné à s'inventer un passé haut en couleur. Il nous parlait d'un temps où il avait été chef de bande, des virées en bagnoles, et c'est là, tout de suite, qu'il y avait un problème, on ne voyait pas comment lui, qui n'avait pas le permis, aurait pu être le leader. Autour de la table, personne ne relevait l'incohérence, tous avaient des mensonges aussi peu crédibles à faire passer, il y avait une forme de solidarité entre tous ces gens qui étaient si peu et qui le savaient. Seul Gégé sortait du lot, c'était un original, il ne se vantait pas, il se plaignait. Assis contre l'évier de la cuisine, le pied posé sur une chaise, il faisait l'inventaire de ses malheurs, de ses problèmes de santé. Il avait toujours mal quelque part.

Alors, qu'un de la bande réussisse à se faire bien voir par des artistes de cirque au point d'arriver à faire inviter toute sa petite famille contre un menu service, c'était quelque chose. Et on se disait aussi que les voisins allaient moins la ramener, on ne serait plus les losers de la cage d'escalier. Car, ici aussi, il y avait une hiérarchie, et nous étions tout en bas. Les petits ont bien le droit d'avoir leur paillasson et, si on ne pouvait pas se mépriser entre voisins, où serait l'intérêt de vivre ainsi empilés les uns sur les autres. Le soir venu, on s'est rendus sous le chapiteau, installé sur le parking, on était tout fiers de rentrer gratuitement et d'être chaleureusement salués à l'entrée. Assis sur les bancs, le spectacle pouvait commencer.

Le cirque, il n'y a pas à dire, c'est beau. Moi, j'étais fasciné par ces jeunes filles de 10-12 ans qui arrivaient à tenir debout sur un cheval au galop. C'est vrai que nous tous qui n'avions aucun talent, nous étions impressionnés par tous ces gens qui, eux, au moins, savaient faire quelque chose d'intéressant. Sur le chemin du retour, dans la nuit légère éclairée par les lampadaires du parking, nous avions encore en tête les cracheurs de feu, les jongleurs, les équilibristes, les animaux bien dressés qui passent à travers des cerceaux. On avait vraiment passé une bonne soirée. De loin, de très loin, d'une autre planète peut-être, à nous voir rentrer ainsi, tous heureux, marcher paisiblement, on aurait dit une vraie famille, comme on en voyait à la télé. Et ce jour-là, on avait fait une sortie en famille, c'était tellement incroyable qu'on n'en a jamais plus refait d'autres.

*

Je suis arrivé dans cette nouvelle école, loin de mon quartier, sans me demander pourquoi, d'autres savaient pour moi.

Pourquoi moi ? Surtout, pourquoi moi, et pas les autres ? Je n'étais quand même pas le seul taré dans le quartier. C'est la question que je me pose aujourd'hui. À l'époque, je ne me la posais pas. Je trouvais tout à fait normal, après la maternelle, d'avoir atterri au Centre de diagnostic, de traitement et de réadaptation sociale. J'étais allé visiter, comme tout le monde, un après-midi, après la cantine, l'école primaire juste à côté de notre maternelle tout en sachant que je ne la rejoindrais pas. Alors, j'ai fait ma rentrée pour le CP dans cet établissement où j'étais le seul des 408. Je ne me sentais pas perdu, allant du bâtiment principal aux différents préfabriqués et autres miniconstructions où se trouvaient les classes, l'atelier, le bureau de la psychologue et celui de la psychomotricienne. À me regarder parcourant les allées dans mon anorak rouge, ou marchant avec mes grosses lunettes dans les grands espaces de gazon qui ponctuaient l'établissement, nul doute que j'étais au bon endroit. La preuve que j'étais à ma place... j'avais même des amis.

Un qui s'était moqué de moi parce que je portais des lunettes alors que lui était appareillé à une oreille. L'instit lui avait expliqué que les lunettes c'était une sorte d'appareil pour les yeux. Mais ensuite, c'est devenu mon meilleur copain. On avait même fugué ensemble. Je survends un peu la chose, disons qu'on avait quitté l'établissement après le repas de midi, on s'était promenés dans le quartier et on était vite revenus juste avant le début des cours. Dans mon souvenir, on s'était plus ou moins fait choper et on avait été obligés de faire la vaisselle. Le souvenir est vague, mais, en même temps, ce n'était pas l'action du siècle. Son oncle tenait un grand magasin qui vendait un peu de tout, mais où il n'y avait jamais personne. Déjà, du haut de mes 7 ans, habitué à voir de la magouille presque partout, j'avais flairé un peu le truc bizarre, je m'étais dit que ça sentait l'embrouille. J'y avais quand même acheté ma carabine à pétards.

J'avais un autre ami qui passait son temps à manger ses crottes de nez, ça m'avait marqué, pas que je ne mangeais pas les miennes, mais lui semblait faire ça toute la journée, et surtout aux yeux de tous. Oh mec, faut que tu apprennes l'hypocrisie et, pis, arrête de te goinfrer comme ça ! On m'a dit qu'après il avait fait un tour en HP. Son père était routier, il était très fier de ça, moi, je me disais que ce salaud avait de la chance d'avoir un père qui bosse, mais, comme beaucoup dans cette école, je ne crois pas qu'il le voyait souvent. Il a été mon premier copain. Dans la salle où officiait l'instit des plus petits, nous avions fabriqué, avec un matelas posé sur des tabourets, notre cabane. On jouait dessous, on était bien. À cet âge, on peut encore croire que, sous un matelas, on est protégé du monde : caché sous une couette, on évite bien les monstres et les fantômes.

Il y avait aussi un grand blond, qui était le plus balèze de la classe, mais je ne suis pas certain qu'il ait été mon pote, quoiqu'il ne m'ait cassé la gueule qu'une seule fois, c'est peut-être un signe. Il était en famille d'accueil, et c'est là que j'ai compris qu'ici des mecs avaient une situation bien plus pourrie que la mienne. Il était en quelque sorte le leader, il s'entendait bien avec le personnel qui faisait l'entretien dans la cour. Pour son anniversaire, un des employés lui avait donné 10 francs. Il lui avait demandé d'écrire sur un papier qu'il s'agissait d'un cadeau pour qu'on ne pense pas en rentrant que c'était de l'argent volé. Le petit papier recouvert du bleu imprécis du stylo-bille entourait la pièce. C'est lui qui avait eu l'idée d'offrir à notre instit, pour son anniversaire, un paquet de cigarettes. C'était une surprise, mais je n'ai pas su tenir ma langue, c'est pour ça que je me suis fait ensuite défoncer dans le bac à sable. Les cigarettes, c'était un sujet chaud à l'école, celui qui se faisait choper avec un paquet voyait l'éducateur casser les cigarettes une à une et les jeter à la poubelle devant tout le monde.

Ici ce n'était pas pire qu'ailleurs, c'était comme dans la vie, il fallait savoir se battre. Le problème alors était pour tous ceux qui n'avaient pas goût à la bagarre ou qui ne savaient tout simplement pas faire. Combien de temps allaient-ils pouvoir tenir ? Et ensuite, dans la vie comment font-ils ? Que deviennent-ils ? Malgré tout, on pouvait se dire que c'était une école où il ne valait mieux pas rester trop longtemps si on ne voulait pas être trop abîmé. Surtout, il faut bien dire qu'ici la pédagogie laissait à désirer. Ainsi, lorsqu'on se faisait choper avec un produit volé, la sanction consistait à devoir, accompagné d'un éducateur, ramener le produit et s'excuser auprès du directeur du magasin. Quand ça arrivait, c'était vraiment l'humiliation. D'ailleurs, je ne me rappelle pas que ça me soit arrivé, mais j'ai dû refouler la chose tellement c'était la honte, pire que faire pipi au lit. Parce qu'avoir fait pipi au lit, ça, je m'en souviens bien. Maintenant, je me dis que nous enseigner l'honnêteté, ce n'était peut-être pas une bonne idée. De telles pudeurs ne nous aideraient pas forcément plus tard. Je ne sais toujours pas, pourquoi ceci ? pourquoi cela ? Et quand bien même le saurais-je que je ne serais guère plus avancé.

*

Dans notre salle de classe, ça sentait bon l'alcool de la Ronéo, qui servait à reproduire à l'encre bleue les poèmes que nous apprenions. C'étaient peut-être les vapeurs d'alcool qui permettaient de tenir calmes des élèves qui avaient été sélectionnés dans toute la ville, et même jusque dans les communes avoisinantes, pour leur propension à foutre le bordel. La machine était posée près du bureau, et il arrivait ainsi que nous tenions toute une heure sans nous jeter un truc à la gueule ou nous taper dessus. Tout ça, grâce à la poésie, en quelque sorte.

Chacun disposait d'une feuille où était reproduite l'écriture manuscrite du maître, qui ne manquait pas d'humour, puisqu'il nous avait donné à apprendre *Le Cancre* de Prévert. On récitait alors : « Il dit non avec la tête / mais il dit oui avec le cœur / il dit oui à ce qu'il aime / il dit non au professeur. » Ici, c'est certain, on ne risquait pas « les huées des enfants prodiges » et, peu importe, parce que nous aurions été bien incapables « sur le tableau noir du malheur » de dessiner « le visage du bonheur ». De toute façon le tableau n'était pas noir, mais vert et, s'il ne faisait pas notre bonheur, le malheur se trouvait ailleurs. Au Centre de diagnostic, de traitement et de réadaptation sociale, ce n'était pas le paradis, mais on y faisait de la poésie, c'était quand même mieux que les cages aux boîtes aux lettres défoncées, les bruits et les cris dans l'escalier qui réveillent au milieu de la nuit… Oui, l'école, c'était mieux que notre vie. Alors, on récitait ces poésies qui, parfois, nous semblaient mystérieuses. Pour *Page d'écriture*, notre instituteur nous avait expliqué que Prévert avait écrit « Et les vitres redeviennent sable » parce que le verre était fait à partir de cette matière première. Regardant par la fenêtre d'où on voyait le bac à sable, je peinais à associer les deux.

Avant de nous initier à la poésie, il avait fallu nous apprendre à lire. Ça n'avait pas dû être une mince affaire, mais, moi, j'étais un privilégié, puisque Popeye, le soir, me faisait faire un peu de lecture avec le journal. Et, je ne sais pas pourquoi, je tenais vraiment à savoir lire. Je contemplais la page avec les « fa, fi, fo, feu », et il me tardait d'arriver à la fin du livre de lecture pour être enfin capable de déchiffrer les deux dernières pages : une histoire illustrée par le dessin d'un monsieur qui jouait de la trompette. Une fois initiés, chose étonnante, on nous chronométrait, j'étais dans les plus rapides avec soixante-dix mots à la minute. J'étais content, ça changeait de la course à pied, ou du foot, où j'étais une vraie merde. Un des gars de la classe rencontrait de grosses difficultés, notre enseignant lui avait dit que c'était bien parce qu'il ne se décourageait pas et fournissait des efforts. Je ne comprenais pas qu'on encourage quelqu'un à continuer à se casser le cul alors qu'il était nul.

Notre instit, je l'aimais bien, et mes camarades aussi, je crois. Déjà, il avait de l'allure et venait à l'école avec une belle moto. Il mettait une combinaison en cuir noir avant de monter dessus. Une fois, il s'était mangé avec et, à la piscine, alors que, vêtu d'un maillot de bain et d'un tee-shirt, il nous indiquait les exercices à faire, nous avions été choqués de voir que son corps était couvert de bleus. Il nous avait expliqué qu'il s'était déchiré des muscles. Il nous aimait bien notre instit. Il valait mieux. Il fallait vraiment de l'amour pour supporter tous ces enfants si décevants, si peu amendables, à peine repris et déjà sur une nouvelle connerie. Il nous avait même invités, une fois, chez lui, pour pêcher. Dans l'après-midi ensoleillé, assis dans l'herbe, nous avions fabriqué des cannes et accroché des vers de terre en guise d'appâts, et, bien entendu, il n'y a pas eu de surprises, on n'a pas rapporté de truites ou de brochets, mais des saloperies de perches-soleils, que nous avions ensuite fait cuire. N'empêche que, sur ce coup-là, je l'avais trouvé bien téméraire ; moi, si j'avais possédé une maison, je n'aurais jamais invité une bande de délinquants comme nous. Il faut croire que nous le respections vraiment, car, ce jour-là, personne n'avait fait de conneries et rien n'avait été volé.

Je l'aimais bien, enfin pas toujours. Il m'a énervé au moins une fois. Lorsqu'on avait vu les invasions napoléoniennes, dans la salle de classe je devais être le plus attentif, mais quelque chose me perturbait dans ce qu'il nous racontait… Je l'ai arrêté dans son explication alors qu'il nous montrait le trajet des troupes sur une carte : « Je comprends pas, à la frontière, il y a des douaniers qui devraient les arrêter. » Ça l'a fait sourire. Dans cette école qui regroupait les plus gros cas sociaux de la ville, j'étais le seul à croire encore au droit, que ça ne devait pas être la loi du plus fort… Et on se foutait de ma gueule.

*

À l'école, les jours se suivaient et se ressemblaient, des cours et, entre eux, des bastons un peu partout dans la cour, cette monotonie n'était entrecoupée que par des rendez-vous aussi hebdomadaires qu'impératifs. Parmi eux, il y avait la visite, toutes les semaines, chez la psychologue, qui avait son bureau juste à côté de notre classe. Les choses avaient été bien faites, on ne pouvait pas y échapper.

Quand c'était mon tour, l'instit me disait d'y aller, alors je me levais, quittais le cours et allais frapper à la porte en face. Je rentrais, saluais la psy et m'installais à son bureau. Elle sortait des Playmobil et m'invitait à y jouer, tout en me faisant parler de ma vie, sur laquelle je savais déjà mentir, car on me rappelait tout le temps, à la maison, qu'il ne fallait pas tout répéter, sinon j'allais foutre tout le monde dans la merde et, moi, je finirais à la DDASS, et alors, je ferais moins le malin quand je serais en maison de correction. Parfois, je regardais le soleil par la fenêtre en me demandant ce que je foutais là. Mais j'étais content, je jouais avec de beaux Playmobil que mes parents n'avaient pas les moyens de me payer. Alors, ça y allait, les Indiens s'en prenaient plein la gueule, mes cow-boys étaient sans pitié avec eux.

La psy avait un autre intérêt, elle participait à nos cadeaux d'anniversaire, car ceux-ci étaient fêtés en classe. Les grands étaient plus chanceux que nous, car ils étaient aussi récompensés à la fin de chaque trimestre en fonction de leurs résultats. On pouvait demander ce qu'on voulait. Soyons sérieux, sans faire dans le déterminisme le plus facile, il y avait quand même peu de risque que l'un d'entre nous commande un dictionnaire ou une encyclopédie illustrée. J'aurais bien aimé faire mentir les statistiques, mais nous étions tous malheureusement très prévisibles. Moi, par exemple, j'avais réclamé un pistolet de cow-boy avec la ceinture de munitions et ça avait été accepté. J'ai eu du bol que les travailleurs sociaux n'aient pas de conscience politique parce que j'aurais quand même été dégoûté de me retrouver avec un jouet éthique en bois. La psychologue était bien sympa, mais la voir toutes les semaines, au bout d'un moment, je ne savais plus trop quoi lui dire. Et c'est là que j'ai eu une idée de génie...

Un jour, j'ai raconté que j'avais enfin rencontré mon vrai père, qu'il était sympa et qu'il m'avait offert des bonbons. J'ai tout de suite senti que ça intéressait la psychologue, qui, d'habitude, semblait s'ennuyer ferme quand je lui parlais de ma vie. Alors, pris dans le jeu, ayant une spectatrice enthousiaste, j'ai un petit peu brodé autour de ça. Je lui ai décrit la balade dans le parc ensoleillé, la glace partagée. J'ai même ajouté qu'il m'avait promis que maintenant on allait se voir régulièrement. L'après-midi mon instit est venu me demander pourquoi j'avais dit ça alors que ce n'était pas vrai. Pourquoi j'avais dit ça ? J'aimerais pouvoir affirmer que c'était pour me jouer de l'institution, mais, en vrai, je n'en sais rien. En tout cas, les salauds avaient été rapides, j'avais mis en branle pendant quelques minutes la machine.

On ne pourra pas leur reprocher de ne pas s'être occupés de moi, de nous. Ils étaient allés vérifier l'information, qui leur semblait capitale. N'empêche qu'après ça j'ai quand même encore plus fait gaffe à ce que je lui disais à la psychologue.

*

J'aimais aller voir, toutes les semaines, la psychomotricienne, non seulement parce que, comme pour la psychologue, ça avait lieu pendant les cours – c'était toujours ça de pris –, mais surtout parce que je trouvais qu'elle était gentille.

Dans la pièce lumineuse aux murs blancs, on s'asseyait sur un tapis, on jouait avec des ballons, on ne peut pas dire que c'était une activité trop fatigante. Je ne comprenais pas bien pourquoi il fallait faire tout ça, d'autant que, déjà à l'époque, j'avais une aversion pour les ballons, mais bon, je m'en foutais parce que la psychomotricienne était très jolie, avec ses cheveux noirs et sa coupe au carré, et toujours très douce. Elle me prenait la main en me disant d'imaginer que c'étaient des flaques d'eau quand elle voulait que je saute dans des cerceaux posés au sol. Je me disais que ça devait être bien de l'avoir comme mère. J'en étais même sûr. À la récré, elle avait expliqué aux éducatrices que son fils lui avait demandé la voiture de GI Joe pour Noël et que donc, elle la lui achèterait si ça lui faisait plaisir. Je savais que c'était un truc hypercher et que donc, de mon côté, je pouvais me gratter pour espérer avoir un tel cadeau.

Pourtant, un matin, en allant la voir, je l'ai découverte en train de pleurer. Elle était assise à son bureau, la tête dans les mains. Quand elle m'a vu, elle s'est essuyé les yeux et a commencé la séance comme si de rien n'était. Mais pour moi, ça ne pouvait plus être comme avant, je venais de faire une découverte, les profs, les éducs ou les psychomotriciennes, eux aussi, avaient des emmerdes au point d'y laisser des larmes. L'idée que les « gens normaux » puissent avoir, eux aussi, des problèmes, m'a profondément perturbé. Avant, je pensais que les autres, ceux qui n'étaient pas, comme moi, dans une école spécialisée, vivaient dans une sorte de paradis plein de jouets, avec du poulet rôti et des frites le dimanche, et des parents qui ne s'engueulaient pas tout le temps. Tous ces gens avaient du pognon, vivaient dans des maisons avec du gazon et ne s'entassaient pas dans des F3, je ne voyais pas comment ils auraient pu ne pas être heureux.

Ici, avec les copains, on était tous persuadés que si, plus tard, on arrivait à se faire du blé, tous nos soucis seraient réglés, si ce n'était pas le cas, il aurait fallu penser à nous prévenir.

*

Le bâtiment était construit en pierres de taille et se situait dans le centre-ville ; il y faisait frais en été. À l'intérieur, il y avait des canapés et des fauteuils aux couleurs vives ; c'est là que je passais mes samedis après-midi.

La médiathèque était un endroit calme, sans un bruit, personne ne s'y engueulait. Ça changeait vraiment du quartier. On y entrait comme on voulait, même pas besoin d'être inscrit, de détenir une carte. Personne pour vous regarder bizarrement parce que vous ne sentiez pas bon, parce que vous étiez mal habillé. Ça changeait vraiment de tous les autres endroits. C'est tout ça qui m'a donné envie de m'y rendre. C'était étonnant ce bâtiment où personne ne vous agressait. La médiathèque représentait un îlot provisoire où je ne risquais rien, j'étais libre de rêver… Contrairement au quartier où tout pouvait arriver, ici, il était possible de se poser un moment sans avoir rien à craindre. Avant d'aimer lire, j'ai aimé le lieu où on lisait.

Les dames de la médiathèque étaient gentilles et jolies, elles avaient une voix douce et posée. Elles nous montraient qu'on était les bienvenus ; c'était bizarre de sentir que, pour une fois, on n'était pas un intrus, on nous disait même qu'on pouvait rester. On voyait qu'elles étaient contentes qu'on soit là. Un truc comme ça, ça n'arrivait nulle part. On avait même l'impression d'être appréciés, car, au milieu des étagères, il y avait des sourires, des regards sympathiques. On n'y trouvait pas que des livres, il y avait aussi un peu d'amour, ou, plus simplement, de l'affection, et ça faisait du bien.

Tout ça, je l'ai senti quand on nous a emmenés visiter la médiathèque. Hélas, il n'y a que moi qui aie vu ici de la lumière, je n'y ai jamais croisé personne des 408. J'avais l'avantage sur eux de n'être retenu par rien, mon arrivée dans l'école spécialisée m'avait coupé du quartier, où j'étais déjà si peu impliqué. J'étais, en fait, le seul qui n'ait rien d'autre à faire le week-end, je pouvais donc plus facilement m'évader. Assis dans un fauteuil, depuis le coin BD, qui se trouvait en face de l'accueil, j'observais les autres enfants, accompagnés de leurs mamans, faire enregistrer leurs emprunts auprès des bibliothécaires. Personne ne semblait être perturbé par ma présence.

À force de m'y promener, je me suis forcément mis à lire, je parcourais à l'époque les *Je bouquine* avec passion, mais avec une certaine inquiétude lorsque je tombais sur plus de deux pages sans illustrations. Ça m'apparaissait alors comme une véritable plongée en apnée. La médiathèque, les livres, ça permettait de fuir une vie où l'on était si peu à l'aise. Ce n'était certes qu'une parenthèse, mais, dans une existence qui n'était qu'un flot ininterrompu, ça faisait du bien de mettre un peu de ponctuation. Durant mon enfance et mon adolescence, c'est le seul endroit où j'étais bien, et j'ai souvent regretté que les travailleurs sociaux, qui m'obligeaient à faire des activités inintéressantes pour moi, ne l'aient pas compris.

Je m'étais trouvé ma cachette au fond du bois et j'étais certain qu'ici personne ne me trouverait, ne viendrait m'emmerder. On avait même le droit de venir avec ses poux.

*

Ma première cravate, c'est le psychiatre qui me l'a offerte, ce qui prouve que, contrairement à ce qu'on dit, ces personnes sont utiles.

On rigole, on rigole, mais le psychiatre, il fallait aller le voir tous les ans. Chaque année, tous les intervenants auprès d'un enfant d'une école spécialisée se retrouvent pour ce qu'on appelle une « réunion de synthèse ». À la fin de celle-ci, l'éducateur référent fait un point avec le jeune dont il a la charge. C'est à cette occasion qu'il fallait aller voir le psychiatre. C'était un vieux à lunettes et costard-cravate, ça faisait sérieux, mais ça pouvait aussi faire peur, c'est quand même l'uniforme de l'ordre. Les éducateurs, les assistantes sociales, n'étaient pas habillés comme ça, on sentait bien que c'était l'échelon supérieur. On sort sa cravate comme on pause son flingue sur la table du salon, manière de dire que, maintenant, fini de plaisanter. L'essentiel, c'est que j'y allais sans la crainte qu'il ne me déclare fou, pas que je me trouvais parfait, mais, en regardant autour de moi, j'avais conscience de ne pas être parmi les plus atteints. J'avais fait mes petits calculs, mes petites statistiques intimes, et je ne m'étais pas classé parmi les pires. Certes, ce n'est pas bien de se comparer aux autres, cette manie sera source de souffrances plus tard, mais ici, ça ne pouvait qu'être avantageux.

Cependant, les statistiques n'éliminent pas les obligations. Puisqu'il fallait se rendre à cet entretien, j'avais décidé d'en tirer un petit profit. Croisant, quelques jours avant mon rendez-vous, le psychiatre dans la cour, j'étais allé lui dire que je ne viendrais que s'il m'offrait une cravate. Il ne m'a pas immédiatement répondu, et il est reparti, ses pas crissant sur le gravier, avec son cartable à la main. Mais finalement, il m'en a offert une, certes, d'occasion, je ne suis pas con non plus. J'avais bien vu que le plastique qui la contenait n'était pas fermé, disons que je m'en suis rendu compte malgré moi, quand j'ai empoigné la cravate, elle a glissé du sachet et est tombée par terre. Comme je ne savais pas faire le nœud, j'avais demandé à l'éducatrice de m'aider, je l'avais mise par-dessus mon pull, qui portait la trace du menu de midi et des diverses activités auxquelles j'avais participé durant la journée, et j'étais parti l'arborer fièrement dans la cour de l'école. Avec une cravate, on se sent mieux, c'est un fait. On se sent appartenir à un nouveau monde, celui des vainqueurs, celui dont je voulais faire partie. Ce qui est certain, c'est qu'on ne pourra pas me reprocher d'avoir manqué d'ambition.

*

Dans les couloirs de l'école, ça m'a pris comme ça, j'ai dit à mon éducatrice que c'était une pute parce qu'elle s'habillait comme une pute. Elle m'a mis une tarte dans la gueule.

Comme tout enfant, j'aimais bien tester de nouvelles choses, en ayant déjà une conscience aiguë de certaines limites, qui faisait que je n'ai jamais tenté de plonger ma main dans une casserole d'eau chaude ou d'enfoncer mes doigts dans une prise électrique. Une fois enlevé ce qui est le plus dangereux, ça laisse quand même pas mal de possibilités. Alors, ce jour-là, je me suis dit : « Tiens, tentons et voyons ce que ça donne. » Pour l'occasion, je n'avais pas fait preuve de beaucoup d'imagination, je m'étais contenté de répéter ce que j'avais entendu à la maison. Mon beau-père, quand il avait vu l'éducatrice vêtue d'une veste en jean et d'un collant noir en guise de pantalon, ne sachant pas qu'une telle tenue existait, avait déclaré qu'elle était habillée comme une pute. Pour lui, de toute façon, une gonzesse bien foutue était forcément une pute. Si, de surcroît, elle l'ouvrait, il était prêt à abaisser ses critères physiques pour l'intégrer dans la profession. Grâce à lui, la prostitution recrutait large : de l'assistante sociale à l'éducatrice en passant par toute femme qu'il voyait à la télévision.

Mon jugement esthétique a donc reçu pour toute réponse une gifle. Je n'ai pas été perturbé, outre mesure, que mon immersion dans la critique de mode ne soit pas reconnue. Une claque ce n'était rien, ici, c'étaient les coups de pied au cul des éducateurs qui étaient le plus à craindre. Et question traumatisme, je vivais des choses bien plus graves. J'avais une mère terrible, castratrice, qui, même lorsque la pluie avait cessé, m'obligeait à garder mes bottes en caoutchouc pour jouer en bas de l'immeuble, alors que les autres enfants avaient des mères plus compréhensives sur ce qu'est avoir la classe, et avaient permis à leurs rejetons de remettre leurs claquettes. Une mère intransigeante qui s'opposait, lorsqu'elle m'emmenait chez le coiffeur, à ce que celui-ci me fasse une queue-de-rat derrière la nuque... Et qui, sous prétexte que c'était trop cher, refusait de m'acheter des vêtements de marque, alors que ceux-ci m'auraient permis d'obtenir un peu de respect à l'école et dans le quartier.

Je vivais une enfance malheureuse, mais pour des raisons essentiellement vestimentaires et capillaires.

*

Ce n'est pas à cause de ses tenues que mes parents et les voisins traitaient l'assistante sociale de pute, mais parce qu'elle sortait avec un Arabe. Je crois que les Arabes aussi pensaient que c'était une pute pour la même raison.

Tout le monde était persuadé que les Arabes touchaient plus d'aides que les autres et qu'en plus ils étaient feignants. Peu importe que personne n'en foute une rame, on était des Français merde, ce n'était pas pareil. Surtout, c'étaient des crades, disait-on, qui égorgeaient leurs moutons dans les ascenseurs. Cela avait bien dû se faire une ou deux fois... Tandis que tous essayaient de trouver une dignité dans leurs origines, plutôt que de voir ce qui nous rassemblait avec nos voisins maghrébins, la télé tournait sans que personne y prête attention. Un racisme de surface qui servait surtout à panser les blessures d'orgueil de chacun. Il en aurait fallu peu pour trouver un autre palliatif.

Mettre en avant le concubinage de l'assistante sociale, c'était surtout une manière de rappeler qu'elle n'était qu'une ennemie, une sorte de flic dont il fallait se méfier, elle pouvait foutre les enfants à la DDASS. C'était une empêcheuse de tourner en rond qui venait expliquer que les enfants ne pouvaient pas faire les devoirs sur la table de la cuisine, pendant que la mère faisait à manger ; ils risquaient de salir leurs affaires. Il fallait aussi faire attention à les envoyer avec des vêtements propres à l'école. Qu'est-ce que ça pouvait bien lui foutre et, d'ailleurs, qu'est-ce qu'elle en savait, elle qui n'avait pas d'enfants, comment il fallait éduquer des gosses ? C'est facile de faire la leçon quand on n'est pas mère... On disait que, l'autre jour, untel l'avait reçue avec un fusil de chasse et qu'il avait bien eu raison. D'ailleurs, il paraît qu'elle faisait moins sa maligne.

L'assistante sociale m'accompagnait, avec ma mère, pour m'acheter de nouveaux vêtements. Il y avait parfois débat entre nous trois pour savoir ce qui était le mieux, ainsi j'aurais préféré des jeans plutôt que le pantalon en velours violet, j'aurais bien voulu un tee-shirt LC Waikiki, ce qui était le rêve de tout enfant normal parce que c'était à la mode, mais c'était trop cher pour les bons de l'assistante sociale. Tant pis, je m'étais rabattu sur un sweat avec un dessin de Speedy Gonzales. Pourtant, l'assistante sociale n'était pas perçue comme quelqu'un qui nous aidait. Ces moments qui auraient pu être privilégiés étaient vécus comme un truc qu'on avait réussi à lui gratter. Cela permettait de ne pas perdre la face, de ne pas se voir comme recevant de la charité d'État, mais comme de petits malins qui savaient se jouer du système.

Cela étant, il faut bien reconnaître que l'assistante sociale était un peu chiante, elle tenait absolument à me trouver des activités, alors que je ne rêvais que d'une chose : qu'on me laisse tranquille.

*

Dans les quartiers, des taxis venaient chercher les enfants du Centre de diagnostic, de traitement et de réadaptation sociale, et les ramenaient. Une aubaine pour nous dont les parents, pour les plus chanceux, roulaient soit à mobylette, soit en voiture sans permis.

Hélas, ce n'était pas toujours le taxi qui se présentait. Un matin, c'est un simple employé de l'école qui s'est arrêté sur le parking, le chauffeur – une personne qui s'occupait de l'entretien – ne voyant personne descendre, s'est impatienté, est allé frapper à la porte de la famille encore endormie. Un réveil, qui n'avait pas sonné, l'a conduit à voir ce qu'il ne fallait pas voir, et, surtout, ni répéter à l'assistante sociale : toute la famille dormant dans une seule chambre dans une hygiène approximative, les enfants, la tête recouverte d'un linge retenant le produit antipoux appliqué avant le coucher. Habillé en vitesse, sans déjeuner, sans faire de toilette, j'ai atterri dans le véhicule, sous le regard amusé de mes camarades. Cela aurait pu s'arrêter là, mais le conducteur indélicat n'a pas pu garder pour lui le spectacle auquel il avait assisté. La honte… Oui, même dans ce camion où ne se trouvaient que des enfants sélectionnés justement parce qu'ils venaient de familles dysfonctionnelles, on avait conscience de ce qui se faisait et de ce qui ne se faisait pas.

Le chauffeur de taxi, ça ne lui serait jamais venu à l'idée de monter toquer à la porte de la famille de feignasses, ne serait-ce que par crainte de voir son break vandalisé par les barbares de la cité. Surtout, le gars ne se sentait pas investi d'une mission éducative, il transportait une bande de petits agités, était payé en retour, le reste ne le concernait pas. Nous, assis sur les deux banquettes arrière, nous ne mesurions pas notre privilège d'être ainsi voiturés, pas plus que nous ne mesurions tout ce qu'il y avait d'incongru à ce que les plus pauvres de la ville aient le privilège de voyager quotidiennement en taxi. Nous avions mieux à faire, comme chercher perpétuellement à gratter ici où là quelques francs. En proposant, par exemple, aux uns et aux autres, des affaires que nous prétendions exceptionnelles. Il est même arrivé qu'un plus malin présente de vieilles pièces de monnaie, qu'il avait probablement volées dans un quelconque buffet chez lui, au chauffeur de taxi. Et miracle, ce dernier s'était montré très intéressé.

Le chauffeur de taxi, contre une simple pièce de 5 francs, que le vendeur tenait joyeusement dans sa main, avait rendu un enfant heureux. En revanche, personne n'a jamais réussi à revendre quoi que ce soit au chauffeur du camion de l'école.

*

La retraite du Coucou était consommée en trois jours. C'était nous tous qui la consommions. Le Coucou n'était pas encore mort que déjà une armée de vautours lui récurait les os jusqu'au dernier lambeau de chair.

Le Coucou arrivait en début de mois et tout le monde lui tombait dessus. Avant de finir chez nous, il s'était acquitté de quelques tournées dans les bistrots, son pécule avait commencé à diminuer, il fallait donc agir vite, si l'on voulait avoir sa part du gâteau. Dans la petite cuisine, ça jouait des coudes pour lui proposer une affaire foireuse, lui revendre une merde. Il fallait voir tout ce petit monde devenu un instant sans pitié, guidé par la seule envie immédiate. Tout le monde aurait trouvé scandaleux de faire le sac d'une petite vieille, à la sortie de La Poste, après qu'elle a touché sa retraite. Pourtant, c'est la même chose qui se passait ici, un petit vieux se faisait détrousser. La subtilité, c'est que ce n'était pas à coups de tatane dans la gueule, mais seulement par la parole. C'était d'ailleurs peut-être pour cette raison que les protagonistes n'avaient pas forcément conscience de leur crapulerie. Sous le seul regard innocent de la pièce, l'ampoule du plafond, on avait la confirmation que la misère ne vous rend pas meilleurs, elle fait de vous des fauves sans pitié. La frustration, tous ces désirs inassouvis, ça vous aiguise les crocs et, faute de proie, on s'attaque aux plus faibles de la meute. Ceux qui ne savent même pas être des prédateurs. À la fin de la soirée, le Coucou était certain de rejoindre son foyer Sonacotra les poches vides.

Tout le monde lui tombait dessus, c'est-à-dire moi compris. En tout cas, au moins une fois. Un soir, je l'ai vu arriver avec son pantalon gris, son blouson marron, et je me suis dit qu'il n'y avait pas de raison que je n'en profite pas aussi. J'ai alors commencé à l'entreprendre, appuyé contre le frigo sur lequel reposait la télé en noir et blanc, sous le regard des autres qui attendaient leur tour. J'avais une excellente affaire à lui proposer, une magnifique montre à quartz qui, selon moi, valait dans les 200 balles, vu toutes ses fonctions et ses boutons. Il n'a pas été long à convaincre, il m'a vite lâché le billet. Je venais de faire une sacrée affaire, la montre m'avait coûté 10 francs, je l'avais achetée sur le pont Battant au centre-ville, où des Noirs, assis à côté de leur tapis, vendaient des portefeuilles, des ceintures, des casquettes, qu'il fallait acheter en marchandant. Le billet a passé la nuit avec moi, c'était plus prudent et, le lendemain, je suis parti m'acheter ma première paire de baskets de marque, des Coq Sportif. Je les ai posées sur la table de chevet et je les ai contemplées toute la nuit, pressé qu'arrive le matin pour les montrer à tout le monde à l'école. Je savais que le Coucou n'aurait pas l'occasion de les voir tout de suite ; une fois qu'il avait bien été essoré par tout le monde, il disparaissait jusqu'au mois suivant.

*

Dans la cour de l'école, que les enfants remontaient en se poursuivant un bout de bois à la main tandis que d'autres faisaient bouffer de la neige ou de la terre aux nouveaux arrivants, nul doute que j'étais bien à ma place, un enfant caractériel parmi les autres…

Ici, il ne se passait rien de bien extraordinaire. Certes, il est arrivé qu'un mec balance l'autre par la fenêtre, mais ça s'était produit quand je n'étais pas là, ce qui est con, car j'aurais bien aimé voir ça. Le gars a été projeté du premier étage de l'internat, mais, en bas, c'était de l'herbe sur une pente un peu surélevée. Il n'y a eu ni mort ni blessé. Fin de l'histoire. Le quotidien était plus terre à terre, des pièges dans le bac à sable en creusant un trou, qu'on recouvrait ensuite de papier journal et d'un peu de sable. En parlant de sable, j'en mangeais à la maternelle, quand je ne tapais pas mes camarades. C'est, à la réflexion, probablement un des critères ayant valu ma sélection pour cette école spécialisée dans les enfants atteints de troubles du comportement, les caractériels donc. On m'avait dit que je l'étais, et ça ne m'avait pas vexé du tout, je n'en avais même tiré aucune conclusion. J'étais bien plus triste quand les autres enfants se moquaient de mon strabisme et de mon nystagmus. Ils m'appelaient « Tac-o-tac » parce que j'avais les yeux qui bougeaient dans tous les sens, comme les boules du Tac-o-tac. Les gars n'étaient pas des lumières, car il me semble qu'ils avaient confondu avec le Loto.

La moquerie était présente au quotidien, les bastons aussi, mais ça ne faisait pas forcément de blessés. Le degré de violence était supérieur à la moyenne, mais il n'était pas plus élevé que celui qui opposait les enfants de Longeverne et de Velrans dans *La Guerre des boutons*. D'ailleurs personne n'a jamais fini à poil attaché à un arbre. Et la fois où je me suis ouvert le crâne, que j'ai rejoint le reste du groupe en larmes, les lunettes recouvertes de sang, à travers lesquelles je ne voyais plus rien, ce n'était pas parce qu'un camarade m'avait jeté une pierre dans la gueule. Non, c'était juste qu'en faisant les imbéciles en escaladant un mur, une pierre s'était décrochée. Ce jour-là, on se rendait au gymnase avec notre instit. De même que mon poignet foulé n'est pas dû à une baston, mais à une chute, un jour de pluie, de l'échelle en bois qui menait à une cabane perchée sur un arbre de la cour. J'avais alors insisté auprès des copains pour être le premier à monter.

S'il ne se passait rien d'extraordinaire dans la cour de l'école, tout n'était pas beau à voir. Comme cet après-midi de printemps où un enfant était revenu tout fier avec une immense maquette de bateau. J'avais entendu qu'il ne voyait son père qu'une fois par an. C'était lui qui lui avait offert ce beau cadeau. Il paradait dans la cour avec l'objet impressionnant qui débordait de ses bras. Un gars s'était approché pour le féliciter, lui dire qu'il tenait là vraiment une belle maquette. Elle était tellement belle qu'il voulait mieux la voir. Il lui a donc demandé s'il était possible qu'il la mette bien droit devant lui, les bras tendus en avant. L'heureux possesseur, encore sous l'effet du bonheur d'avoir revu son père et du présent que celui-ci venait de lui faire, toute vigilance perdue, semblait avoir oublié toutes les précautions que la fréquentation des autres dans cet établissement lui avait enseignées, puisqu'il s'est exécuté. Il n'était pas difficile de prévoir ce qui allait arriver, même moi, assis devant le petit bâtiment où se déroulaient les cours des CM1-CM2, j'avais vu la chose venir… L'autre a pris son élan, a shooté dans le bateau, qui a volé en l'air, pour atterrir éparpillé en morceaux au sol.

J'étais vraiment triste pour l'enfant, alors que j'aurais dû trouver ça drôle, j'étais donc capable d'empathie, de ne pas penser qu'à moi. Si un tel sentiment pouvait naître même ici, il y avait toutes les raisons de ne pas perdre espoir.

*

Oui, oui, ils ont eu cette idée, dans cette école où chaque enfant avait son éducateur attitré, comme d'autres ont leur prof de piano particulier, de faire venir des artistes. En fait, ce n'étaient pas vraiment des artistes, mais des étudiants aux Beaux-Arts ; néanmoins, nous n'étions pas en mesure de faire cette distinction, et il est fort probable que les intervenants se considéraient eux aussi avant tout comme des artistes.

Dans le bâtiment préfabriqué où se trouvait la salle de classe, on s'est installés, par petits groupes, et on s'est mis à dessiner. Tout le monde avait à cœur de bien faire. Il fallait voir tous ces enfants habituellement si turbulents ainsi concentrés, voulant montrer le meilleur d'eux-mêmes. Nous tenions à ce qu'on sache que nous n'étions pas des sauvages. On voulait plaire. Avec les éducs ou notre instit, ce n'était pas pareil, on ne pouvait pas faire illusion, ils connaissaient tout de notre vie ; pas la peine de perdre son temps à faire des efforts. Mais là, devant les deux intervenants extérieurs, c'était jouable. Oui, des gamins, comme nous, qui disaient toute la journée qu'ils n'en avaient rien à foutre, qui envoyaient tout balader, avaient au fond d'eux le souhait d'être des enfants sages, d'être regardés avec bienveillance par des adultes qui les auraient félicités. Le problème, c'est qu'on ne savait pas comment s'y prendre. Il y avait en nous une force irrépressible qui nous poussait tout le temps à faire une connerie qu'on regrettait aussitôt, à mettre un coup de pied dans les couilles et à supplier la victime, au sol, en pleurs, de ne pas aller se plaindre, lui proposant de nous en balancer un aussi, comme ça on serait quittes.

Les deux artistes passaient de table en table pour nous donner des indications. À un moment, l'un d'entre eux s'est approché de moi, repérant certainement le plaisir que je prenais dans cette activité et m'a demandé : « Comment est-ce que tu dessinerais un steak ? » L'idée de dessiner une telle chose ne m'avait jamais traversé l'esprit, mais je me suis dit que j'allais lui montrer que je n'étais pas un abruti et que j'étais bon en dessin, je me suis donc bien appliqué à faire un beau steak, bien rouge. Le mec ne semblait pas satisfait de mon travail, il l'a regardé d'un air dubitatif puis a pris un pinceau, a dessiné un truc informe bleu en énorme sur une feuille A3 et m'a dit : « Un steak, ça peut être aussi comme ça. » Restant poli, je lui ai expliqué que ce n'était pas possible, que son steak n'avait pas la bonne couleur, mais il m'a regardé avec un grand sourire : « Si, c'est possible, il suffit de le décider. »

Mec, je crois qu'on ne t'a pas bien expliqué dans quelle école tu étais tombé, tu n'es pas au primaire en bas de ta rue, où les enfants font joyeusement des bonshommes en pâte à modeler et des cendriers en pâte à sel, ici, même jouer à la marelle peut faire des blessés... Il ne suffit pas d'un rien, car il n'y a justement besoin de rien pour que ça parte en baston. Sans raison particulière, l'un peut décider de défoncer l'autre ; le temps d'arriver dans le bureau du directeur, accompagné de l'éducateur, suffira largement à trouver une explication à ce qui, au départ, n'en avait pas, qui n'était peut-être juste qu'une idée qui lui avait traversé l'esprit cinq secondes. Mec, je ne suis pas le plus balèze de la classe, mais, avec d'autres, tu risques le coup de boule si tu commences à prendre les gens pour des cons. Alors toi, si tu te pointes avec ton pull en laine et tes cheveux longs, et que tu nous expliques que, dans la vie, on peut faire comme on veut, on peut même décider qu'un steak est bleu, ça risque de foutre un sacré bordel dans nos cervelles déjà si peu structurées.

Mais ça devait être une activité pour développer notre imagination, c'est important l'imagination chez les enfants. Le problème, c'est que nous en avions peut-être un peu trop… d'imagination. On était même là pour ça, pour nous apprendre à tenir en place plus de cinq minutes sans faire de conneries.

*

Les vacances d'été commençaient par une régression sociale majeure, il fallait se rendre, durant tout le mois de juillet, au centre aéré, non pas en taxi, mais dans un simple autobus.

Une fois monté dans celui-ci, ça ne changeait pas de la cité, tout n'était que chahut et cris. Car le quartier, avant tout, c'était ça : des éclats de voix et des coups dans les murs. Dans la plupart des apparts, on entendait les couples s'engueuler, les portes claquer… Ça appelait ses potes ou ses enfants à la fenêtre, ça discutait de balcon en balcon. Dans la cage d'escalier et les couloirs de chaque étage, ce n'était pas mieux, le moindre espace libre était squatté par des enfants et des adolescents, et ça se chamaillait dur. Il n'y avait que là où ils pouvaient se retrouver, les logements étaient trop petits, les conversations se superposaient vite, on ne s'entendait plus. Et tout le monde tenait à être entendu. C'est que, contrairement à ce que l'on pouvait croire, ici aussi les mots étaient une arme. Les coups n'arrivaient pas toujours, ou pas tout de suite. Avant la fureur, il y avait le bruit.

Dans le car, la présence des moniteurs prémunissait des coups, mais question boucan, on était servi : les enfants s'agitaient dans tous les sens, tapaient sur les sièges, chantaient en chœur. Les moniteurs tentaient tant bien que mal de remettre un peu d'ordre ou plutôt essayaient de faire en sorte que le désordre ne soit pas encore plus grand. Ça chantait : « La CTB[1], c'est fait pour les PD / Les transports en commun, c'est fait pour les putains. » On sentait le chauffeur au bord du suicide ou rêvant d'infanticides. Il faisait profil bas, pensant être oublié, mais très vite on arrivait à : « Chauffeur, si t'es champion / appuie sur le champignon. » Dès lors, on pouvait craindre que le conducteur ne décide d'exploser son véhicule contre un mur. Je ne veux pas dire, mais lors du trajet qui nous conduisait à l'école, les enfants du Centre de diagnostic, de traitement et de réadaptation sociale étaient plus calmes.

Arrivé au centre aéré, ce n'était pas mieux, c'était la solitude qui n'était pas permise. Il y a les traumatisés du centre

1. Compagnie des transports de Besançon.

aéré… Tous les enfants qui n'ont pas besoin d'être en permanence occupés, qui aimeraient qu'on les laisse tranquilles afin de pouvoir rêver. Tous les losers qui ne savent pas comment on devient leader, même numéro 2, qui ne savent pas d'ailleurs comment on se fait des amis. Une fois l'appel terminé, commençaient les activités et, avec elles, les premières humiliations de la journée. Deux enfants étaient désignés pour qu'ils sélectionnent les membres de leur équipe, les plus populaires étaient choisis les premiers et il y en avait, comme moi, qui réussissaient l'exploit d'être retenus en tout dernier. Vu qu'il y avait deux personnes qui, tour à tour, indiquaient leurs préférences, on pouvait nourrir l'espoir de ne pas être choisi en tout dernier : ça ne m'est jamais arrivé. Mais tout cela semblait invisible aux adultes qui me contraignaient, durant tout le mois de juillet, à être ridiculisé lors de la constitution des équipes de balles au prisonnier.

Le repas de midi n'était en rien une pause, il n'était que la poursuite, par d'autres moyens, de mon humiliation matinale. En pénétrant dans le réfectoire, plateau en main, l'angoisse était de réussir à se trouver une place où s'asseoir, une table où l'on voulait bien de moi. La journée se poursuivait, et c'était toujours l'ennui. On ne pouvait que regretter l'obligation maintenue durant les vacances de se lever le matin. Ici, il n'y avait pas de place pour tous ceux qui n'en avaient rien à foutre de construire une station météo ou de faire s'envoler une fusée. Il semblait impossible, aux adultes, de comprendre que certains enfants aspiraient à lire des BD tranquillement dans l'herbe. Chaque année, il me fallait trouver un mec aussi paumé que moi pour partager mon inadaptation. Parfois, j'avais un peu de chance, je tombais sur un sympa qui me donnait son Candy'Up du goûter. Car le seul moment intéressant du centre aéré, c'était le goûter, tous les deux jours, il y avait du Candy'Up, soit au chocolat, soit à la fraise. À l'époque, j'attendais peu de la vie : des frites à midi, du lait aromatisé au goûter et qu'on m'oublie entre les deux.

*

« Le Tigre », c'est comme ça qu'il voulait qu'on l'appelle. Il avait d'ailleurs mis une photo d'un tigre sur sa porte d'entrée. Il prétendait que c'était le surnom que lui avait attribué Mémé Guerini du temps où il travaillait avec lui à Marseille…

En fait, le Tigre vivait au RMI et se déplaçait à mobylette. Pour faire riche, parfois, il me filait 20 balles pour la nettoyer. C'était pour faire genre, j'ai les moyens, mais on savait tous que c'était sa mère qui lui donnait un peu de fric. Elle touchait une retraite de l'armée, celle de son fils était mal barrée, car, de tout le temps où je l'ai connu, je ne l'ai jamais vu bosser une seule fois, ce qui ne l'empêchait pas de trouver que les Arabes étaient des assistés. Le Tigre vivait dans son petit F1, dans un foyer, et s'inventait une vie, tellement la sienne, la vraie, n'avait aucun intérêt. Il se promenait avec son pistolet à grenaille, qu'il portait dans un holster, et s'imaginait une existence de délinquant de haut vol.

Moi aussi à l'époque, je m'inventais une vie. Je jouais seul dans ma chambre, m'imaginant être Emiliano Zapata, dont j'avais lu l'histoire dans un *Je bouquine*. Avec mon kimono de judo et ma carabine à pétards, c'était très ressemblant. Dans ma famille, on disait que j'étais un peu bizarre de parler ainsi tout seul. Le Tigre avait expliqué une fois qu'il avait connu un mec très intelligent qui était comme ça, qu'il ne fallait pas se fier aux apparences... Je mentais beaucoup, je disais à mes camarades d'école que j'avais une machine qui me fournissait tous les jouets que je voulais. J'étais même allé jusqu'à prétendre que j'avais déjà voyagé dans l'espace. L'éducateur avait rétorqué que je racontais absolument n'importe quoi, et ça m'avait vraiment énervé qu'on puisse remettre ainsi en doute ma parole.

Personne ne remettait en cause la parole du Tigre, mais tout le monde n'en pensait pas moins. Ses bobards s'effondraient tout seuls. Il nous disait qu'il avait fait la guerre du Tchad, qu'il y avait été classé sentinelle dangereuse, qu'il était ceinture noire de karaté... Mais la seule fois où il avait fallu se battre, il avait calté fissa. Je ne critique pas, j'avais fait pareil. Ça s'était engueulé dans la cuisine, l'un avait sorti un couteau, l'autre s'était retrouvé avec une entaille à la main d'où giclait du sang. En voyant ça, j'avais sauté par la fenêtre de ma chambre. Fort heureusement, nous habitions au premier étage.

Arrivé dehors, j'ai vu que le Tigre était déjà bien loin. Il était parti se cacher puis était revenu quelques heures plus tard. Il s'était alors assis à la table de la cuisine, s'était roulé une cigarette avec ses doigts jaunis par le tabac, les jambes croisées. Au bout de son jean, on voyait ses sandales en cuir, qu'il portait quasiment tout le temps. Il avait beau être grand, ce jour-là, il faisait tout petit, et, d'ailleurs, il nous avait épargné ses conneries habituelles. Cette fois-là, plus de : « Moi, je vais aller voir les Bicots pour leur dire que j'en ai marre de leur musique de merde » ou « Les Chinetoques, dès que je rentre, je leur dis que leur bouffe pue ». Ça changeait. Dans le silence de la cuisine, on n'entendait plus que la télé qui diffusait une série américaine quelconque, *Shérif, fais-moi peur* ou *L'Homme qui tombe à pic*…

Moi, je m'étais fait engueuler en rentrant, car, à cause de mes conneries, les voisins allaient avoir une mauvaise image de nous, ça allait jaser. Le problème ce n'était pas le couteau, le sang dans la cuisine, mais bien ce qu'allaient pouvoir penser les autres locataires de l'immeuble. On m'a sorti que ce qui se passait à la maison ne les regardait pas. Je n'ai rien répondu, je ne pouvais pas expliquer que j'avais eu peur pour un truc qui, finalement, paraissait à tous si anodin. Alors, je suis retourné dans ma chambre, me suis allongé sur mon lit, en me disant que je n'étais peut-être pas adapté à ce monde. En contemplant le plafond, je me suis rendu compte que je venais de faire une sacrée découverte, mes parents tenaient à leur image, à leur respectabilité, on ne peut pas dire qu'ils s'y prenaient toujours bien, mais l'intention était là. Je n'avais pas perdu ma journée.

*

Si le mois de juillet se déroulait au centre aéré, les plus gros cassos devaient passer le mois d'août en famille d'accueil. Ça devait être pour nous montrer à quoi ressemblait une vraie famille, pour qu'on soit bien dégoûtés de ne pas en avoir une comme ça.

Il est vrai que, pour nous, ces familles étaient étonnantes. Tout le monde mangeait ensemble aux repas, personne ne s'engueulait et le monsieur partait tous les matins au travail. Ma famille préférée habitait dans un petit village. Ils vivaient dans une belle maison où le ménage était fait. Je me perdais parfois à admirer le carrelage si brillant de la cuisine. Ils avaient quatre enfants : deux garçons, deux filles. Je jouais surtout avec le plus jeune, qui avait un an de moins que moi, et, parfois, la plus grande me laissait regarder, avec elle, *La croisière s'amuse*. L'aîné possédait une mobylette et faisait, en échange d'un peu d'argent, des commissions pour la famille. Une mobylette, je trouvais ça classe, alors j'allais parler un peu avec lui. Il me disait des trucs qui me paraissaient vachement bien, mais dont, hélas, je ne me souviens plus aujourd'hui.

Le soir, dans la cuisine, après le repas, on regardait *Intervilles* et leurs enfants participaient le week-end à des jeux intervillages. Ils se préparaient avec l'aide de leurs parents, qui allaient les encourager le jour J. Le samedi après-midi, nous accompagnions la famille d'accueil et admirions, assis sur des bancs en bois, dans des hangars décorés de guirlandes en papier crépon, les exploits de leurs rejetons. Moi, je ne me souviens pas que mes parents m'aient aidé dans une quelconque activité ou soient venus me soutenir. Ce qui m'arrangeait, car tout petit déjà, j'avais honte d'eux, et je me gardais bien de les prévenir quand il y avait quelque chose.

Durant la journée, nous n'avions pas le droit de regarder la télé ; la dame nous disait qu'il fallait qu'on sorte, qu'on était blancs comme des culs. Alors, on allait jouer dehors. Il y avait une belle terrasse sur laquelle j'avais écrasé, une fois, comme ça, juste pour voir, une limace. J'avais trouvé que ce qui en sortait ressemblait à de la purée mousseline. Et puis, c'est tout… Je n'étais pas allé plus loin… Il y avait mieux à faire, comme aller voir la petite voisine dans la maison d'en face qui possédait le camping-car Barbie, ce qui m'impressionnait beaucoup, car je savais bien que ça valait une blinde. Mais comme elle était gentille, elle nous laissait jouer avec elle. Avec les garçons, quand une voiture arrivait, on s'amusait à se coucher sur la route pour qu'elle doive nous éviter. Et ce n'était même pas nous, les cassos, qui avions eu l'idée de ce jeu, mais un gamin du village. Comme quoi…

Lorsqu'on nous emmenait chez des gens, je me tenais bien droit sur le canapé et je ne disais pas un mot. Je voulais qu'on m'aime et qu'on note que j'étais bien sage. J'étais content quand la dame disait que j'étais quelqu'un de calme, qu'on pouvait me faire confiance. D'ailleurs, le papa de la dame chez qui j'allais certains après-midi m'aimait bien ; je dessinais avec lui les planètes du système solaire. Derrière sa maison, on pouvait jouer. Avec des filles, on essayait d'attraper des sauterelles pour les mettre dans des boîtes de conserve. Mais surtout, il y avait une moissonneuse-batteuse abandonnée sur laquelle je montais pour m'amuser à la conduire.

Le dimanche, nous allions à la messe et la dame nous filait des pièces jaunes pour qu'on puisse donner à la quête. À l'époque, je m'en foutais déjà un peu de Dieu, et il est probable que la famille se rendait à l'église comme à un repas de collègues auquel on aimerait bien échapper, mais où on va finalement parce que c'est plus simple, ça évite d'avoir à se justifier, de passer pour un asocial. Ces villages où voisinent fratries et parents ont quelque chose d'angoissant que je ne pouvais pas voir, ébloui que j'étais par ce monde – en apparence – harmonieux. C'était bizarre pour moi une famille où tout le monde se parlait et s'entendait.

À la fin des vacances, lorsqu'elle nous ramenait chez nous, la dame expliquait à nos mamans qu'il ne fallait pas s'inquiéter, qu'elle nous disait bien qu'elle n'était pas notre vraie maman, qu'elle n'était que la maman des vacances.

*

La première fois où je lui ai parlé, elle m'a cassé la gueule. Je suis immédiatement tombé amoureux.

Je venais de lui dire que c'était une pute parce qu'elle avait un trou à son collant, et nous étions, tous les deux, élèves du Centre de diagnostic, de traitement et de réadaptation sociale, où tout contact humain commençait par une bagarre. Nous avions 7 ou 8 ans, et les mots « pute » ou « fils de pute » lançaient généralement les hostilités. Le gars qui, au repas de midi, avait osé insulter ma mère, s'est pris un couteau au niveau de l'œil. Il a eu du bol que j'étais malvoyant et maladroit. L'éducateur m'a quand même sorti à coups de pied dans le cul. Ce jour-là, l'école a économisé un dessert.

Bien qu'elle m'ait cassé la gueule, elle aimait aussi la douceur. Dans la cour, avec ses copines, elle adorait se promener la tête posée sur son épaule, qu'elle avait dénudée, tout en se frottant la tête dessus, elle disait : « Ouah, c'est doux ! » Juste après, on la voyait grimper aux arbres de la cour, de là, elle donnait l'impression de dominer le monde. En sport, elle était magnifique dans son tee-shirt trop long et son short d'où émergeaient de belles jambes bronzées. J'avais repéré qu'à la lumière elles brillaient, je trouvais ça joli, ça sentait la propreté. J'aimais la voir marcher en chaussettes dans le gymnase.

Parfois, on s'asseyait en rond sur les tapis et on discutait. Elle était, au contraire de moi, charismatique et grande gueule. Elle osait contester les adultes. On sentait qu'elle était vraiment révoltée. Moi, je disais tout le temps que j'étais d'accord avec elle. Les éducateurs me regardaient d'un air narquois et rétorquaient que j'étais amoureux. Le problème, c'est que c'était vrai, j'étais amoureux. J'aimais ce si joli visage, sa coupe au carré, son teint mat comme de la crème caramel. J'aimais aussi la regarder écrire la tête penchée en cours, la voir marcher au loin, la voir venir vers moi. En fait, j'aimais tout chez elle. C'est peut-être d'ailleurs ça l'amour, je ne sais pas, je ne suis pas un expert en la matière.

Est-on vraiment sortis ensemble ? Est-ce que ça a une signification à cet âge ? Je crois qu'elle m'a embrassé une fois sur la bouche, oui, mais c'était qu'une fois justement. Pourtant, je me rappelle bien qu'un jour elle avait écrit : « *Martial, je t'aime* » sur le tableau. Je voudrais me souvenir plus précisément, c'était un moment important. C'est con quand on vit ce genre de choses, on ne s'en rend pas forcément compte, et c'est bien dommage parce qu'ensuite on n'a en mémoire qu'une image floue, un début de scène sans la suite. On passe si facilement à côté de l'essentiel. Il demeure de tout ça une photo, hélas perdue, prise au pied d'un arbre par les éducateurs, nous sommes tous les deux assis en tailleur, en train de sourire à l'objectif.

L'instit, à qui tout ça n'avait pas échappé, lui demandait de s'occuper de moi à la récré quand je venais le matin avec ma toilette visiblement pas faite et du cacao autour de la bouche. Alors habillé de mon anorak moche, avec mes grosses lunettes, je suivais cette fée dans la cour en regrettant d'avoir les ongles noirs et les mains barbouillées de toutes les couleurs à cause de ces putain de feutres que je ne savais pas manipuler correctement. Elle accordait beaucoup d'importance à ce que disait notre instit, elle voulait vraiment savoir ce qu'il pensait d'elle. Elle souhaitait lui plaire. Une fois, elle s'était inquiétée qu'il ait juste marqué sur sa feuille « *Vu* », elle croyait que ça voulait dire qu'elle avait raté son devoir. Il l'a rassurée.

En revanche, sur le divorce de ses parents, il n'a pas réussi à la réconforter. Il lui avait affirmé qu'on ne pouvait pas être certain que son père et sa mère allaient se séparer, elle l'avait regardé droit dans les yeux et avait répondu justement que si. Elle savait déjà qu'au fond rien ne s'arrange, qu'il n'y a rien à attendre. Ce qui est dommage, c'est qu'elle l'ait su aussi tôt. On ne nous a pas laissé le temps d'être innocents… Nous l'ignorions encore, mais n'ayant jamais été vraiment des enfants, nous ne deviendrions jamais véritablement adultes. Une double peine en quelque sorte. Et comme la vie nous avait épuisés trop tôt, nous ne saurions mener les combats ultérieurs. On arriverait essoufflés sur la ligne de départ.

Quand j'ai dû, à 9 ans, rejoindre une autre école, elle m'a pris dans ses bras en disant : « Mais moi, je ne veux pas que tu partes. » J'ai fait le bon élève en répondant un truc sérieux du genre : « Mais il le faut. » Je n'ai jamais su y faire avec les filles.

II

SORTIR DU QUARTIER

On dit « malvoyant » ou « déficient visuel » pour ne pas dire « bigleux », si on veut bien causer. Je l'étais donc, et ça ne m'avait pas échappé, ni aux autres enfants, ni à l'instit, qui devait rapprocher ma table de l'estrade quand il fallait copier quelque chose, ni à l'éducatrice, qui y a vu une opportunité de me faire changer d'école.

Elle s'était peut-être dit que je ne serais pas trop dépaysé, la nouvelle école se trouvait dans le même quartier et dépendait de la même association. Pourtant, dépaysé, je l'ai été, dès le premier jour de la visite, lorsque le directeur m'a fait entrer dans une salle de classe pour me présenter, je me suis exclamé : « Mais, il n'y a pas de tableau ! » Cela a fait sourire l'enseignante. Mais une classe sans tableau, pour moi, ne pouvait pas en être vraiment une. Il est vrai que l'on ne comprend pas très bien à quoi aurait pu servir un tableau dans une école dont les enfants ne voyaient rien, ou quasiment rien. Assis à leur table, les enfants écrivaient, pour la plupart, avec des machines mécaniques métalliques très bruyantes, des Perkins braille. Entre chaque mot qu'elle dictait, l'institutrice disait aux élèves « espace » pour qu'ils n'oublient pas d'appuyer sur la touche en question. Puis l'heure de la récré a sonné et les enfants, comme tous les enfants, sont sortis en courant. Et une fois dehors, personne n'a eu l'idée de se battre. En fait, je crois que l'éducatrice voulait que je sois dépaysé.

Ensuite, le directeur m'a reçu dans son bureau et m'a demandé si je voyais en noir et blanc. La question m'a choqué. Il l'a vu, parce qu'il m'a expliqué que ça arrivait. Je n'aurais pas dû trouver la question conne, car elle m'a été posée bien plus tard en début de seconde par une fille très gentille, très jolie, très tout, à la sortie des cours. Comme les autres avaient souri à son interrogation légitime où il n'y avait aucune volonté de moquerie, elle était venue s'excuser le lendemain. La question du directeur était surprenante, mais ce qui l'était bien plus, c'était de voir tous ces aveugles qui marchaient dans l'établissement sans canne. Ils avaient des professeurs de locomotion pour leur apprendre à se déplacer. Comme dans tous les domaines, il y a ceux qui sont doués, et ceux qui le sont moins. Des enfants nouvellement arrivés apprenaient, au bout de trois mois, à parcourir les rues du centre-ville, tandis que d'autres, deux ans plus tard, galéraient encore avec celles du quartier dans lequel se trouvait le centre.

L'éducatrice en m'envoyant dans cette nouvelle structure devait savoir que j'allais aller de surprise en surprise. Ainsi, à l'internat, les aveugles venaient dans la salle télé pour assister à la diffusion de films quand il y en avait. Les autres leur décrivaient les scènes. Chez les actrices ce n'était évidemment pas le physique qui les touchait, mais leur voix. Toutefois, quand l'une d'entre elles avait une voix qui leur plaisait, ils demandaient quand même à ceux qui voyaient si elle était jolie. Ils ne voulaient pas pousser l'originalité jusqu'à s'enticher d'une comédienne dont le physique aurait été unanimement décrié. Mais là où les aveugles étaient les plus surprenants, c'était lorsqu'ils faisaient du vélo tout seuls dans la cour. En tout cas, moi, je trouve. Parce que l'été, dans la famille d'accueil où je passais une partie de mes vacances, nous avions vu un reportage qui montrait justement ça, et nous étions tous tombés d'accord pour conclure que la télé racontait vraiment n'importe quoi, que c'était tout à fait impossible.

Donc j'étais cassos et bigleux, une belle addition d'emmerdes. L'éducatrice, qui avait plus d'imagination, y avait plutôt vu une soustraction, l'occasion de soustraire l'enfant sauvage du Centre de diagnostic, de traitement et de réadaptation sociale. Sans naïveté, puisqu'elle a accompagné ça d'une inscription à l'internat et d'un suivi éducatif personnalisé. Je pense que l'éducatrice devait croire à quelque chose qui s'appelle la « socialisation ».

*

Les autres m'avaient prévenu que nous aurions en début d'année une institutrice remplaçante, l'enseignante habituelle étant arrêtée pour s'occuper de son bébé malade. Mais je verrais, la nouvelle était très bien.

La première chose que je me suis dite, en entrant dans la classe, c'est que l'instit remplaçante était vraiment très jolie. Elle était belle comme la chanteuse Elsa, qu'on voyait en photo partout dans les magazines. Comme cette dernière, elle portait un jean et une veste de la même matière, des chaussures noires et des socquettes blanches. Toujours comme la chanteuse, elle avait la peau claire et des cheveux bruns bouclés. En la voyant, on ne pouvait qu'aspirer à devenir copain avec elle. Ça aurait été un peu comme une grande sœur ; j'aurais bien aimé en avoir une. Un grand frère, c'est trop dangereux, ça peut vous taper dessus, comme je le faisais moi-même avec mon cadet. Alors qu'une grande sœur, pour peu qu'elle soit jolie, vous attire les faveurs des plus grands : pour l'approcher, et se faire bien voir, ils sont contraints de vous tolérer, de vous saluer en public. Dès lors, on ne vous regarde plus de la même manière, vous êtes celui qui a réussi à être pote avec des gars plus âgés. Avec l'instit remplaçante, si on était devenu amis, à la récré, on se serait assis dans un coin, et je lui aurais demandé comment on faisait pour être ami avec les filles, et surtout, si j'allais redoubler parce que je faisais plein de fautes dans mes dictées. Parfois, l'instit remplaçante nous parlait d'elle, de son copain, qui lui préparait de la choucroute au poisson. Je ne savais même pas qu'un tel plat existait, en tout cas, il n'y en avait jamais eu à la cantine. C'est vrai que l'instit remplaçante était très bien.

Celui, en revanche, qui n'était pas très bien, c'était moi. L'instit devait se donner de la peine pour que je reste en place. La première fois qu'elle m'a mis à la porte en criant « dehors ! », je n'ai pas très bien compris. Au lieu de rester dans le couloir, je suis allé dans la cour près des fenêtres de la salle de classe. Je ne connaissais pas l'expression. Au Centre de diagnostic, de traitement et de réadaptation sociale, on ne mettait jamais un enfant à la porte, il aurait été trop dangereux de laisser quelqu'un tout seul, et bien trop optimiste de supposer qu'il allait rester calmement dans le couloir à attendre qu'on lui dise de retourner en cours. Quand on avait dû lui proposer le remplacement, elle s'était probablement dit qu'une école de malvoyants et de non-voyants ce serait tranquille et qu'en plus ça lui ouvrirait de nouveaux horizons, ça serait enrichissant. Personne ne pouvait prévoir qu'en raison de l'audace d'une éducatrice, on avait ajouté un mec comme moi dans le sage troupeau. Elle faisait du mieux qu'elle pouvait, essayait de me parler à la fin des cours, et m'offrait des bonbons quand j'avais été sage. Elle était rarement récompensée de ses efforts, puisque je suis allé jusqu'à lui jeter une chaise à la gueule. Heureusement, elle s'est baissée et ne se l'est pas prise en pleine tête. Ça l'a fait rire, c'est vrai que ça devait être complètement surprenant de voir cette boule de haine de 9 ans. Mais normalement, pour un tel geste, on se fait virer de l'école. En fait, je crois qu'elle n'est jamais allée le répéter au directeur.

En me voyant courir dans tous les sens, traitant tout le monde de « fils de pute », incapable de tenir plus de cinq minutes sur ma chaise, il aurait été facile de se dire que l'éducatrice qui m'avait envoyé ici s'était plantée, et de me renvoyer fissa d'où je venais… Mais tout le monde a préféré continuer, se disant probablement que le temps ferait l'affaire.

*

C'est au judo que j'ai rencontré Élodie. Il n'y a que moi qui l'ai rencontrée, car je n'ai jamais osé lui parler, ce qui fait qu'elle doit ignorer mon existence, ou me voir seulement comme un membre de ce groupe de trois-quatre malvoyants qui venaient à l'entraînement le mercredi.

On était en train d'essuyer la vaisselle du midi lorsque l'éducatrice m'a proposé de m'inscrire au judo. C'était le début de l'année, le soleil de septembre éclairait la pièce, je venais tout juste d'arriver dans cette nouvelle école, et j'avais réussi l'exploit de me battre trois fois, pour ma première semaine d'internat. Alors qu'on rangeait les verres dans le placard, elle m'a expliqué que le judo pourrait me permettre de canaliser ma violence. J'ai posé lentement le torchon à côté de l'évier pour me donner le temps de la réponse, car quelque chose m'inquiétait, combien cela coûtait-il ? Ici, pour chaque activité, je devais me montrer prudent, j'étais le pauvre de l'internat, il me fallait éviter tout ce qui nécessitait de l'argent : je savais que ma mère ne pourrait pas payer. Les autres n'avaient pas ce genre d'angoisse, leurs armoires étaient pleines de Mars, de tablettes de chocolat, de Michoko, ils possédaient leur propre Walkman... L'éducatrice a dû comprendre ce qui me tracassait, car elle m'a très rapidement indiqué que c'était gratuit. Dès lors, je n'avais plus d'excuse pour refuser.

Le mercredi, après le repas de midi, avec les camarades de l'internat, nous partions directement de l'école en kimono et baskets pour rejoindre la salle. Sur le chemin, nous croisions les enfants du quartier, qui s'étaient habillés de la même manière : les trottoirs étaient envahis de petits judokas. Une fois sur place, la plupart du temps, je regardais les gens s'entraîner et discutais avec deux ou trois autres glandeurs de mon acabit. Et un jour, j'ai vu Élodie, ses cheveux blonds coupés au carré, ses jolis petits pieds qui dépassaient de son kimono. La regarder, malgré l'absence de mes lunettes, occupait désormais mes mercredis après-midi. Mon observation était seulement interrompue par l'échauffement et les exercices de chutes avant, arrière, et même latérales, ou les quelques prises. Quand nous ne foutions vraiment rien ou que nous faisions trop les cons, le prof décrochait sa grosse ceinture noire de son kimono et la frappait plusieurs fois contre les tatamis, ça avait le don de nous calmer.

Élodie ne se dispersait pas, elle regardait tout ça, assise en tailleur avec deux ou trois copines, d'un air blasé. Du haut de ses 9 ans, elle savait déjà que les garçons sont vraiment tous des crétins. Avec une telle assiduité, il est évident que je n'ai pas fait d'étincelles, au bout de quatre ans, j'en étais toujours à la ceinture orange. Mais peu m'importait, j'aimais bien l'ambiance, au point de me rendre aux séances avec les adultes du lundi et du vendredi. Après l'entraînement, les gars fumaient des clopes sur le parking et discutaient avant de remonter dans leur bagnole. J'entendais le récit de leurs dernières soirées. Un mec avait raconté qu'il avait claqué 1 500 francs en une seule teuf. Le chiffre m'avait paru alors démentiel, surtout mis en rapport avec mes 10 francs d'argent de poche hebdomadaire. Parfois, il y en avait un qui invitait tout le monde à prendre l'apéro chez lui. Je me retrouvais dans de grands salons à boire du Coca au milieu de tous ces adultes qui descendaient des canettes en contemplant la collection de vinyles de notre hôte. Dans la fumée des cigarettes, entre deux morceaux rock, ça parlait de gonzesses, ça disait : « Les gars, faites gaffe, il y a un jeune avec nous », ce à quoi un autre répondait : « Oh, tu sais maintenant, ils en savent bien plus que nous à leur âge. »

Élodie, bien entendu, n'atterrissait jamais dans ces soirées, elle avait une vraie famille structurée et tout, avec une maman ou une mamie qui venaient la chercher à la fin du cours de judo. L'objectif d'Élodie était de gagner ses combats du week-end. Dans ces compétitions qui avaient lieu dans les communes de la périphérie, elle tenait à être la première. Un samedi, je m'étais retrouvé dans la même compétition qu'elle. Dans les vestiaires, tout le monde se saluait et sympathisait, les plus grands prodiguaient des conseils aux plus petits. Alors que j'étais en train de manger un yaourt, l'un d'eux m'avait dit que ce serait plus judicieux de prendre des barres énergétiques. Entre chaque combat, des adultes venaient me dire que c'était vraiment bien de pratiquer un sport alors que j'étais malvoyant. À la remise des médailles, il y a eu un incident, Élodie était en pleurs, elle ne voulait pas monter sur le podium, elle n'avait fini que deuxième. Moi, sans faire exprès, j'avais décroché le bronze, et j'étais tout content. Ce qui nous séparait ne pouvait être mieux matérialisé, Élodie était humiliée de ne pas obtenir la médaille d'or, et moi, j'atteignais le maximum de ce que je pouvais espérer en finissant troisième.

*

Il semble que les éducateurs n'aient pas voulu pousser le dépaysement trop loin quand, en début d'année, ils ont constitué les chambres à l'internat. Dans la mienne, ils y ont placé trois autres pauvres.

Le premier m'avait expliqué qu'il souhaitait devenir plus tard palefrenier, j'ai pensé : « Tiens un original qui ne veut pas être cosmonaute ou policier. » Le deuxième venait, comme moi, d'une cité de Besançon. Il m'avait invité, un mercredi après-midi, chez lui, pour que je puisse témoigner auprès de tout le monde que son père possédait bien un magnétoscope et un caméscope. Quant au troisième, il était encore plus pauvre que moi, et, en plus, il était aveugle. Il n'y avait rien à dire, socialement, la chambre avait été bien pensée. L'aveugle était tellement pauvre qu'il avait réussi à avoir encore moins d'argent de poche que moi lors du camp de fin d'année à la mer. Je m'étais serré la ceinture pendant plusieurs mois pour faire des économies, et j'avais atteint la somme mirifique de 60 francs. À l'éducateur qui lui expliquait que j'avais fait un effort formidable, ma mère avait répondu : « Ah oui, c'est super ! Je lui rajoute 10 francs » Les autres emportaient 300 balles… Savoir que quelqu'un était parti avec deux fois moins de pognon que moi m'avait permis de ne pas trop haïr ma mère. Et j'avais même réussi à envier un peu ce camarade ; j'ai rêvé un instant d'être aveugle, ne serait-ce que quelques minutes chaque soir, pour ne pas avoir à contempler tous les autres qui pouvaient, dans les bars le long du port, s'acheter d'immenses coupes de glace. Dans cette situation, malvoyant, c'était insuffisant.

Entre pauvres, il aurait pu naître une amitié entre nous, une solidarité de classe… Lui et moi étions bien loin de ce genre de considération, car, à cet âge, on rêve plutôt d'être amis avec les puissants. Nous n'allions pas passer nos après-midi à échanger sur nos misères, à constater que nos armoires ne seraient jamais généreusement garnies en diverses confiseries par nos parents. Finalement, lui et moi, nous nous parlions peu, notre relation se limitait à faire les mêmes conneries au même moment. À l'internat, nous prenions le petit déjeuner sur place ; les placards et le frigo contenaient donc notre bouffe du matin. Alors le soir, avant de se coucher, on piquait allègrement de quoi manger. On piochait surtout dans les boîtes de céréales. Ça n'avait aucun intérêt, si ce n'était de faire quelque chose d'interdit. Dans nos lits, nous mettions des miettes partout en mangeant comme des sagouins, tout en nous racontant notre journée, qui était d'autant moins passionnante qu'on l'avait passée ensemble. Il n'y avait pas de risque que nous apprenions quoi que ce soit, nous nous contentions de communier dans les souvenirs du jour. Un soir nos échanges ont été interrompus par un bruit… ce con venait de dégueuler ses corn-flakes.

Il ne me reste en mémoire, de ce camarade d'infortune, qu'une flaque de vomi dont nous avons fait disparaître l'odeur avec du parfum bon marché, tout en nous faisant engueuler par l'éducateur.

*

L'institutrice titulaire est revenue. Dès que je l'ai vue, j'ai eu un vrai coup de foudre, elle était belle et grande, et avait du beau vernis à ongles rouge aux pieds.

Ses ongles peints, je les avais bien observés, un jour où elle remettait ses sandales en sortant de cours tandis qu'elle répondait à une élève qui lui posait des questions sur la fac. Elle expliquait qu'elle n'avait pas été boursière parce que ses parents étaient à peine au-dessus du seuil, elle trouvait ça injuste. Moi, j'avais tout de suite pensé que ça voulait dire que c'était une grosse bourge, ça l'avait rendue encore plus impressionnante à mes yeux. La fac, je m'en foutais un peu, c'était quelque chose de lointain, comme la NASA, absolument pas destinée au commun des mortels. En revanche, il y a un truc qui me fascinait, c'était le bac. J'avais dit à la réunion de fin d'année, avec la directrice et les éducateurs, que moi, les bacs, je voulais tous les avoir, le A, B et aussi le C. Ça avait bien été entendu, puisqu'en fin d'après-midi mon éducatrice était allée chercher un gars qui était au collège, considéré comme le meilleur élève de l'établissement, pour me le présenter. Elle lui avait expliqué : « Ce jeune, ce qu'il veut, c'est avoir son bac. » On s'était serré la main sans trop savoir quoi se dire. L'éducatrice voulait, je pense, qu'il m'indique comment il fallait s'y prendre pour réussir à l'école. En tout cas, elle croyait en moi, puisqu'un soir elle m'avait même présenté son mari, qui était capitaine dans l'armée. C'était aussi pour me faire plaisir, elle savait que j'admirais les militaires.

L'institutrice, j'y pensais le soir dans mon lit, j'imaginais que nous étions en couple, que nous avions une famille avec des repas pris en commun le soir et des sorties le week-end. J'avais des rêves banals, mais, pour certains, le banal relève de l'exceptionnel. J'avais essayé d'expliquer à mes camarades de chambre que, si on regardait bien, parfois, on pouvait voir sa culotte. Par exemple, lors de la visite de la station d'épuration, je m'étais retrouvé derrière elle pour monter les escaliers, et je l'avais bien vue au travers du tissu léger de sa robe estivale. Mais bon, comme dans ma chambre il y avait un aveugle et deux mecs qui voyaient encore moins que moi, autant pisser dans un violon. Je leur avais même dit qu'elle me faisait bander. Ces cons sont allés demander à l'éducateur ce que voulait dire « bander ». Là, j'ai compris que j'étais vraiment tombé dans une chambre d'abrutis. En plus, ils étaient allés raconter ça à l'éducateur qui ne pouvait pas me sacquer, il fallait bien qu'il y en ait un. Il était venu me voir, alors que je prenais ma douche, pour me demander si je pensais que l'institutrice serait contente si ce que je disais sur elle lui était répété. Cet éduc, c'était clair qu'il ne m'aimait pas, il m'avait dit que sa femme était psychologue, qu'elle recevait mon beau-père, il savait que je me comportais mal avec lui. Il était donc pour moi un « fils de pute », je l'avais d'ailleurs dit, un soir, au repas, à l'internat. Sans vraiment contester la chose, son collègue m'avait demandé de ne pas m'exprimer ainsi.

L'institutrice ne devait pas ignorer que j'étais amoureux d'elle. Son mari travaillait dans le même établissement, j'allais le voir à la récré pour lui demander s'il baisait bien sa femme. Au petit teigneux de 10 ans pas très doué dans l'expression de ses sentiments, il répondait invariablement : « Oui, j'aime bien l'embrasser. » Ce qui avait le don de m'énerver : « Je te parle de la baiser. » Il me regardait alors en souriant : « Oui, j'aime bien lui faire plein de baisers. » Quand bien même son mari ne lui aurait pas résumé nos échanges, elle avait bien dû voir que, pour lui plaire, un enfant faisait des efforts, qui avaient l'air surhumains pour lui, afin de bien se tenir en classe. Cet enfant qui était venu un jour avec un cadeau pour elle. Deux beaux bracelets qu'il avait récupérés scotchés à un catalogue, probablement de *La Redoute*, et, comme il avait vu que c'était marqué sur le sachet que c'était en or, il s'était dit que cela ferait un beau cadeau pour la maîtresse. L'instit avait été gentille, car le lendemain, elle m'avait montré qu'elle les avait mis. Bon après, elle ne les a plus portés parce que j'imagine que c'est le genre de merde qui devait te filer des boutons au bout de deux jours.

L'amour rend aveugle dit-on, mais ici, cela aurait été inutile, il n'y avait pas grand monde qui ne l'était pas déjà. Alors, l'amour révélait un autre de ses pouvoirs, au milieu des chaises et des bureaux, il pouvait rendre un enfant turbulent sage. C'était bien aussi.

*

Un peu comme tout le monde, mon rêve était qu'on me voie à la télé, mais, hélas, je n'ai été vu que par le juge pour enfants. Il m'avait reçu, seul et sans caméra, et je n'avais rien gagné.

Je m'étais bien habillé, du moins en fonction de comment j'imaginais la chose et des disponibilités dans mon armoire à l'internat, et nous étions partis en voiture avec l'éducateur. Lorsque nous étions arrivés au tribunal, il avait fallu traverser de longs couloirs propres et silencieux pour parvenir jusqu'à un secrétariat où on nous avait fait attendre. Ensuite la dame m'avait fait entrer dans un bureau en ouvrant une double porte, dont l'une était matelassée pour couvrir ce qui se disait à l'intérieur. La pièce était grande et je m'étais assis sur une chaise qui m'avait paru très éloignée du bureau. Je m'étais alors demandé si le juge craignait que je lui refile des poux. Il était plutôt sympathique. Il faut dire que je n'avais que 10 ans et je n'avais fait aucune connerie particulière, ce n'était donc pas pour une mise en examen que j'étais là. Le rendez-vous portait sur mon suivi par les éducateurs de l'action éducative en milieu ouvert (AEMO)[1]. La discussion a été très cordiale, il m'a dit qu'il fallait continuer de bien travailler à l'école. Il ne devait pas avoir de bonbons dans ses tiroirs, sinon je suis sûr qu'il m'en aurait donné.

1. L'action éducative en milieu ouvert est une mesure judiciaire ordonnée par un juge pour enfants en vue de protéger un mineur, lorsque sa santé, sa sécurité ou sa moralité sont en danger ou si les conditions de son éducation sont gravement compromises. Elle consiste en un accompagnement éducatif et social des parents, et de l'enfant. L'intervention se déroule principalement au domicile familial.

Mais j'imagine que toutes les entrevues ne devaient pas être aussi sympathiques que celle-là.

L'exercice n'avait rien eu de traumatisant, c'était un peu comme une visite au musée, sans la foule. On ne m'avait montré que les belles choses, pas les cellules, ni les comparutions immédiates où les prolos sont jugés à la chaîne dans un système qui n'a guère le temps de se soucier de la qualité et des finitions. C'était en quelque sorte une visite pédagogique sans obligation d'en rédiger un résumé à rendre à la maîtresse. J'y avais d'ailleurs appris plein de nouveaux mots. En rentrant à l'école, j'étais impatient de montrer à tous les nouvelles connaissances que j'avais acquises. Il n'a pas fallu attendre longtemps, à peine étais-je de retour que je me suis engueulé avec le prof de sport dans le hall de l'internat, où on enlevait nos chaussures pour mettre nos chaussons. Je me suis alors rendu dans le bureau des éducateurs, j'ai pris l'annuaire, je l'ai ouvert, et je lui ai dit que, s'il m'emmerdait, je me plaindrais au parquet. Ça l'a fait rire. Voulant montrer ma détermination, je me suis dirigé vers le téléphone à cadran, posé à côté du cahier de liaison qu'utilisaient les éducateurs pour se transmettre des informations, comptant, par ce geste, signifier que j'étais bien décidé à mettre ma menace à exécution. Le connard en jogging a continué à rire. Voilà comment on encourageait un enfant qui essayait d'enrichir son vocabulaire.

*

Des trois barres d'immeuble qui composaient les 408, j'habitais celle du fond.

Derrière se trouvait une pente recouverte d'herbe qui conduisait à un autre quartier, plutôt résidentiel, composé de maisons. Le monde était suffisamment cloisonné pour qu'il ne vienne à personne l'idée d'aller s'y promener. Nous étions des petits délinquants, mais on faisait caca où on nous disait de faire. C'est-à-dire dans l'immeuble, un peu autour, mais jamais bien loin. Des pauvres comme nous, on en redemande… bien sages, qui ne sortent pas de leur cage. On aurait pu organiser des safaris-photos dans notre quartier, on n'aurait pas osé mordre les familles venues contempler ces petits sauvages. D'ailleurs, à l'adolescence, c'est ce que faisaient certains enfants mieux nés qui venaient s'encanailler ici pour un samedi autour d'un joint.

Bizarrement, cet espace était souvent inoccupé, les autres gamins jouant devant l'immeuble plutôt que derrière. C'est pour ça que j'aimais m'y rendre. Un lieu calme et où on pouvait se trouver seul, dans une cité c'était inespéré. J'aimais être seul, faute de savoir comment m'adresser aux autres. À l'époque déjà, je ne m'aimais pas, je ne me trouvais pas assez ceci, pas assez cela. Et même pour ce quartier, ma famille paraissait bizarre. J'avais honte de ce que j'étais et d'où je venais. Le monde, qui pour moi alors se résumait à cet immeuble, me paraissait inaccessible, incompréhensible.

J'avais beau tendre les mains, fermer les poings, je ne saisissais jamais rien.

Alors souvent, l'après-midi, j'allais m'asseoir sur la pelouse avec mon poste radio. J'aimais beaucoup Renaud, je cherchais donc frénétiquement passant d'une station à une autre, à entendre une chanson de mon artiste préféré. Mais, il faut bien dire que j'étais rarement exaucé, je ne risquais pas de croire en Dieu, les choses les plus simples m'étaient refusées, autant arrêter tout de suite toute forme d'espoir. Je ne crois pas qu'on puisse avoir confiance en un mec même pas foutu d'intervenir sur la programmation d'une radio périphérique. J'abandonnais alors piteusement ma quête et m'écroulais au milieu de l'herbe, je regardais le ciel et me mettais à rêver à une autre vie, d'avoir une place dans ce monde. Je suis resté, quelque part, cet enfant assis dans l'herbe qui attend, avec son poste radio à la main, quelque chose d'autre.

*

La famille, c'est sacré, tout le monde le disait. Qu'il y en ait un qui touche à un cheveu d'un de ses membres, et on verrait ce qu'on verrait. Mais personne n'avait besoin de toucher à un cheveu de la fratrie de mon beau-père, ils s'en chargeaient tout seuls entre eux. L'alcool aidant, ils se bastonnaient, et ils pouvaient piquer la gonzesse de l'un des leurs sans difficulté.

Finalement, la famille c'était surtout important pour les matons. Si l'un des frères de mon beau-père foutait trop le bordel dans sa cellule, les gardiens pouvaient toujours le mettre avec l'un de ses frangins qui, bien souvent, s'y trouvait au même moment. Les allers-retours à la prison de la Butte étaient fréquents, souvent pour pas grand-chose, un vol minable, une baston, mais les casiers étant longs comme le bras, au moindre écart, ils étaient sûrs de monter. Leur délinquance n'avait rien d'extraordinaire, un vol de chèques à la Banque Alimentaire, des noix piquées dans une caravane, etc. Personne n'était épargné par cette médiocrité, même moi. Autant d'années passées dans un quartier, et je n'ai rien fait qui réponde à la mythologie ; je n'ai jamais été le chef d'une bande, je n'ai fumé mon premier joint que très tardivement, seulement en troisième. Pire encore, je n'en ai jamais vendu et n'ai même jamais été foutu de savoir rouler un pétard. Il n'y avait aucun héroïsme, en étant si peu intégré, à vouloir se barrer du quartier.

Il y avait un membre de la famille de mon beau-père qui ne faisait pas de séjours à la prison de la Butte, ne s'énervait et ne se battait jamais. C'était un original. Assis sur un tabouret dans la cuisine, il prenait mon frère sur ses genoux et l'appelait son « petit cow-boy ». Oui, c'était un original, il était devenu homo. Si tout le monde vantait la famille, elle avait ses limites, tous proclamaient bien fort : « Si mon fils devient PD, je le bute. » La fille qui aurait été tentée par le même type d'aventure était promise au même destin. Tout le monde s'est retrouvé bien emmerdé quand l'un des membres de la fratrie est devenu homosexuel. Ici, il y avait beaucoup de mots, mais ils étaient dits avant d'être pensés, ce qui fait que l'homophobie était bien présente, mais n'était pas suffisamment ancrée pour qu'elle survive lorsqu'un mec que tout le monde appréciait se mettait à rejoindre la population honnie. La théorie initiale s'était donc vite retrouvée en contradiction avec la vie quotidienne. Personne ne lui reprochait son homosexualité, ne tentait la moindre moquerie. On disait que les femmes l'avaient fait trop souffrir.

C'est vrai qu'une fois il avait été interné après s'être ouvert la gorge sur vingt centimètres à la suite d'une rupture. C'est un truc qui m'avait bien marqué, j'en avais d'ailleurs parlé avec l'éducateur. J'avais demandé si on pouvait lui téléphoner à l'hôpital, mais je ne suis pas sûr que j'aie vraiment eu envie de l'appeler, c'était plus pour faire le malin. Pour une fois que quelque chose se produisait dans ma vie, je n'allais pas passer à côté… L'éducateur avait un peu réfléchi, avait dit que ça pouvait se faire, mais, finalement, je ne l'ai pas relancé parce qu'évidemment je ne possédais même pas le numéro. Mais à son retour, je l'ai bien vue sa cicatrice au cou, du fait de notre différence de taille, entre l'enfant que j'étais et l'adulte, je me suis même retrouvé pour ainsi dire nez à nez avec elle. Je l'ai contemplée, c'était impressionnant, ça ne donnait pas envie d'essayer soi-même. Il n'en a jamais parlé, et tout a repris comme avant, puis on a appris que, désormais, il préférait les hommes.

Alors voilà, il était devenu homo, et personne ne la ramenait. Il n'a, certes, jamais poussé l'audace jusqu'à présenter un de ses compagnons, mais était-ce vraiment parce qu'il se disait que cette tolérance avait des limites ou simplement parce qu'il n'avait aucune relation régulière à présenter ? Peut-être que son compagnon aurait lui aussi été accepté.

*

Au bout du bref couloir de ce petit F3, entre la chambre des enfants et de la salle de bains, se trouvaient les toilettes. Elles me faisaient peur.

Les toilettes, on peut y lire, y réfléchir, voire y faire des choses moins avouables à l'adolescence, mais ne pas vouloir y faire ses besoins, c'est pour le moins original. À la maison, les W.-C., je n'osais pas y aller… Ou alors juste rapidement pour faire pipi. Faut dire que c'étaient des chiottes en piteux état. Le fond de la cuvette n'était pas très clair, et on sentait que la crasse y avait stagné depuis tellement longtemps qu'il n'était désormais plus possible de l'enlever. La saleté ne faisait peur à personne ici, bien entendu, et quelques minutes à se promener pieds nus dans l'appartement suffisaient à avoir la voûte plantaire recouverte d'une couche noire qu'on pouvait s'amuser à gratter avec les ongles. Mais ici, en tête-à-tête avec la saleté et la porte refermée, elle réveillait les angoisses d'enfant. Le cerveau, encombré d'extraits de films auxquels s'ajoutait un imaginaire très développé sur les questions de terreur, ne peinait pas à très vite émettre l'idée que de l'eau clapotante pouvait surgir un immense serpent. Il paraît, d'ailleurs, qu'une telle chose s'était déjà produite. Autant ne pas tenter le diable en s'asseyant et se retrouver nez à nez avec la porte dont on avait préalablement fermé le verrou.

Précaution inutile parce que, devant la porte, il n'y avait pas foule. Tout le monde avait conscience que l'on était mieux dehors que dedans. Derrière, assis sur la cuvette, pour peu qu'on réussisse à faire abstraction de ce qui se trouvait en dessous de son postérieur, on avait la vision d'une bouche d'aération sombre qui paraissait démesurément grande et dans laquelle des toiles d'araignée avaient élu domicile. Il ne pouvait, un jour, qu'en sortir quelque chose. Un rat, une chauve-souris… Ou toute autre bestiole dont la vision et le contact seraient terrifiants. Les murs sales, dont le plâtre se barrait, ne permettaient pas de trouver un autre endroit où poser son regard, afin de tenter d'oublier ce trou noir dans le mur recouvert d'une petite grille qui semblait ne protéger de rien. Les fesses à l'air, pas facile de se défendre contre un danger imminent ni de s'enfuir. Il m'est vite apparu qu'il était plus prudent de m'y rendre le moins souvent possible. Dès lors, je passais le week-end à me retenir… Le lundi, j'étais bien content de retourner à l'internat.

*

Chaque semaine débutait de la même manière, je me rendais le matin dans ma chambre à l'internat, où je posais mon sac de vêtements, puis me dirigeais, avec mon cartable, vers le bâtiment où se déroulaient les cours.

Ça se passait toujours ainsi… sauf ce jour-là où à peine étais-je arrivé que la responsable de la scolarité m'a appelé de sa voix forte ; elle voulait que je passe dans son bureau. Quand j'y suis entré, il y avait un camarade et son père, chacun était assis sur une chaise. Je suis resté debout face au bureau. Le camarade, je le connaissais bien, je l'avais traité de sale Arabe, la semaine qui avait précédé. Il pleurait. Son père, un petit bonhomme en jean avec un blouson, a pris la parole. Il m'a expliqué qu'il était venu en France pour travailler et qu'il voulait être ami avec les Français. Je l'ai regardé avec un mépris si peu dissimulé que la responsable de la scolarité a cru bon d'intervenir : « Qu'est-ce que tu dirais si on te traitait de zonard ? » J'ai répondu alors que je m'en foutais, puisque, moi, au moins, j'étais français. On s'est quittés sans se serrer la main et sans devenir bons amis. Je suis reparti très fier avec mon racisme en bandoulière et me suis même vanté durant la récré d'avoir été convoqué pour cette raison. Je l'avais d'ailleurs raconté à mon meilleur ami, qui était lui-même d'origine étrangère. Nous nous étions rapprochés non seulement parce que nous étions les deux seuls de l'internat à venir d'une cité, mais également les seuls à être internes alors que nous habitions dans la même ville que notre école. On se retrouvait souvent, comme des cons, à laver nos slips avec du shampoing dans les lavabos de la salle de bains. Nos mères oubliaient de nous en mettre suffisamment pour tenir la semaine.

Mes saillies racistes ont perduré au point d'irriter un interne qui, par ses origines, ne pouvait que se sentir visé. Au moment où je prenais ma douche, il est venu m'arroser de quelques gnons. Je suis allé immédiatement me plaindre auprès de l'éducatrice, qui m'a alors répondu que je l'avais quand même bien cherché. Je lui ai alors déclaré que c'était vraiment n'importe quoi, que maintenant si c'étaient les Arabes qui faisaient leur loi à l'internat, on n'était plus chez nous. Je me suis vengé de ce mec, car, bien plus tard, j'ai eu l'idée de mettre du « beurre dans le lit d'un beur ». L'idée n'était pas totalement de moi, mais, au repas du midi, quand nous avons été convoqués un par un dans le bureau des éducateurs en présence du directeur de l'internat, j'ai été le seul à me dénoncer. J'étais bien obligé, mon silence aurait retardé le repas, ce qui m'aurait valu à coup sûr des représailles de la part des autres. Cette blague m'a coûté 200 balles. Il avait fallu racheter une nouvelle housse de couette, que le directeur de l'internat m'a facturée. Lorsqu'il m'a reçu dans son bureau pour me l'annoncer, je l'ai regardé avec morgue et lui ai déclaré : « Je voudrais avoir une facture parce que je ne voudrais pas que le pognon serve à te payer tes clopes. » Inutile de préciser que cette remarque ne lui a pas plu.

Il y a un événement qui n'a pas arrangé mon racisme ni celui des autres, car il faut bien reconnaître que je n'étais pas le seul à tenir ce genre de propos, ça a été la guerre du Golfe. Ça nous a tout de suite passionnés. Dès que nous rentrions d'études, avant d'aller manger, nous tenions à regarder les dernières images. Le matin plus personne n'avait de difficulté pour se lever. À 6 h 30, nous nous entassions devant la télévision. Nous étions dans une école de malvoyants, donc ceux qui voyaient un peu se collaient la gueule sur l'écran – position qui, soit dit en passant, ne permet guère plus de trois ou quatre téléspectateurs – et décrivaient les images aux aveugles. Bref, il fallait jouer des coudes pour être sûr d'avoir bien sa place devant la télé. Je suivais ça de près ; je m'étais mis à collectionner le quotidien régional en me disant que tout ça vaudrait du blé plus tard. Finalement, j'ai abandonné, je manquais de persévérance. Un peu comme dans mon racisme, d'ailleurs, si je répétais avec les autres que ça faisait du bien aux Arabes de se prendre une bonne raclée, je commençais à ne plus trop y croire. Pour preuve, lors d'une soirée costumée, par provocation, j'avais décidé de me déguiser en Bédouin.

Plus tard, mais tellement plus tard, j'organiserai avec un ami la venue de SOS Racisme à l'internat. Mais, avant tout ça, il y avait tant de haine et de colère en moi qu'on ne sait ce que ça aurait pu devenir. Croire en moi, c'était jouer à un jeu dangereux, un pari insensé. Pourtant, le hasard a fait que ceux qui ont décidé de jouer avec le feu ne se sont pas brûlé les doigts.

*

Lorsque la sonnerie de la récré retentissait, les élèves n'attendaient pas forcément que leur professeur leur en donne l'autorisation pour se lever et ranger bruyamment leur chaise. Tous allaient profiter de quelques moments de liberté surveillée en plein air.

Enfin pas tous. Dans le lot, il se trouvait un original qui ne se dirigeait pas toujours vers la cour. Pas qu'il ait été puni ou qu'il ait craint le froid en hiver et le soleil en été. Non, il préférait se rendre au secrétariat. Là-bas se trouvaient deux dames installées à de petits bureaux côte à côte, d'où on pouvait voir la salle d'attente et le bureau du directeur. J'avais surtout sympathisé avec une d'entre elles. Une dame aux cheveux rouges, assise derrière une machine à écrire, recevait, aux yeux de tous, le petit turbulent. Aux yeux de tous, c'est-à-dire, devant la collègue qui se disait : « C'est plus fort qu'elle, il faut toujours qu'elle veuille aider tout le monde » ; devant la responsable qui passait pour dire : « Mesdames, comme vous avez travaillé un peu tard hier, vous pourrez partir ce soir un peu plus tôt » ; devant les profs et les éducs, qui, dehors, à travers les fenêtres, voyaient bien où je me trouvais… Bref, devant tout le monde.

Pendant la récré, j'allais donc voir la secrétaire, délaissant les balançoires et mes camarades. Elle m'avait expliqué qu'elle venait d'un milieu semblable au mien ; j'avais tout de suite senti qu'elle pouvait comprendre ce que je vivais bien mieux que la plupart des adultes. Je lui racontais alors mes problèmes, et elle m'expliquait que, même si c'était difficile, ma mère m'aimait et qu'elle faisait du mieux qu'elle pouvait pour moi. La chose était loin de me paraître évidente. J'en étais plutôt à me demander pourquoi les pauvres tenaient tant à se reproduire, d'où venait cette volonté de diffuser et partager leur merde. J'étais d'un naturel pessimiste, je ne croyais pas trop aux possibilités de s'extraire de son milieu. Je devais déjà plus ou moins comprendre que, même lorsqu'on en donne l'impression, au fond, on ne s'en sort jamais. On est né amputé de quelque chose, il ne faudrait pas croire que ça repousse ensuite.

Mais elle avait raison, notre mère nous aimait. Une éducatrice m'avait dit un jour que c'était une chance, qu'il y avait des familles où il n'y avait même pas ça. Et, c'est vrai aussi, qu'elle faisait tout ce qui lui était possible, comme n'importe quelle mère. Plus tard, ayant compris que je n'étais pas bon en anglais, elle était revenue un jour de chez le marchand de journaux avec une pile de cassettes pour apprendre les langues. Mieux né, j'aurais eu droit à un prof particulier, mais c'est l'intention qui compte. Avec de l'argent, il est quand même plus facile d'être une mère admirable. Il faut noter qu'avec les moyens qui étaient les siens elle ne se désintéressait pas de la scolarité de ses enfants, et tentait même, parfois, d'être une mère investie. Le problème, c'est que le quotidien reprenait vite le dessus, ne laissant pas toujours la possibilité à toutes ses qualités de s'exprimer.

Durant le mois d'août, j'étais donc envoyé dans des familles d'accueil résidant en périphérie de Besançon. Les questions budgétaires conduisaient probablement les travailleurs sociaux à ne pas proposer de destinations plus lointaines, mais peut-être aussi faisaient-ils également preuve de prudence, se gardant ainsi la possibilité de venir récupérer rapidement le jeune si celui-ci se comportait mal. C'est comme ça que je me suis retrouvé dans le même village que la secrétaire. Le malvoyant n'était pas toujours à son aise dans la famille d'agriculteurs, il était le genre d'imbécile capable de glisser sur le placenta d'une vache dans l'étable, mais il faisait bien rire le chef de famille en tentant d'imiter, façon *Bébête Show*, Georges Marchais. Son fils, qui l'aidait à la ferme, m'avait appelé une fois l'« automate » parce que j'avais la tête qui bougeait en raison de mon nystagmus. Après la traite des vaches, on regardait *Les Feux de l'amour* en prenant le petit déjeuner, puis je glandais un peu jusqu'à l'après-midi, où j'allais boire des jus de fruits sur la terrasse de la secrétaire. Quand une guêpe tournait autour de la table, j'essayais de la capturer sous un verre et je la regardais s'étouffer sans la moindre pitié. La gentillesse de la secrétaire l'avait même conduite, un après-midi, à répondre positivement à un de mes caprices d'enfant : me préparer des frites.

Derrière sa maison, il y avait une longue pente herbeuse depuis laquelle on voyait bien la barque de son mari, accrochée à la rive, flottant sur la rivière, j'aurais bien aimé faire un tour dessus. C'est dommage que je n'aie jamais osé demander.

*

Les malvoyants regardaient la pendule de la salle à manger, les aveugles posaient l'index sur le cadran de leur montre tactile ou interrogeaient leur montre parlante pour anticiper l'inexorable heure du coucher. Car, à 22 heures, c'était plié, nous devions avoir rejoint nos chambres et nos lits ; l'éducateur venait ensuite éteindre la lumière et repartait en fermant la porte.

Une fois la porte close, ces connards en profitaient, ils murmuraient : « Attention, Satan va venir te chercher ! » Ce à quoi je répondais : « Bande de fils de putes, je vais tous vous niquer vos mères ! » Pas que je croyais en Satan, mais mon athéisme n'empêchait pas les cauchemars. Je retardais le plus tard possible mon endormissement craignant cet inéluctable sommeil agité. Je rêvais de n'avoir jamais à m'endormir. Tout ça parce qu'à la maison on m'avait laissé regarder trop tôt des films d'horreur. Le contrôle parental sur les écrans n'existait pas encore et, de toute manière, chez moi on s'en foutait du contrôle et de tout ce qui était parental. À partir de 23 heures, ils me lâchaient la grappe et nous nous mettions à écouter, sur le radio-réveil, les petites annonces érotiques de Géraldine sur Skyrock. Nous arrivions tout juste à bander, nous ne savions pas encore nous branler, mais nous écoutions l'émission avec la plus grande attention. Le matin, au réveil, nous poursuivions avec l'« érectomètre » de Skyman. L'animateur recevait des appels de gonzesses qui devaient raconter des cochonneries et lui leur répondait : « C'est bon, l'érectomètre est à 18 centimètres. » Je ne crois même pas qu'il y ait eu un truc à gagner.

Entre ces deux intermèdes culturels, je me relevais parfois pour pisser ; on entendait alors bien mes pas coller au sol, et il n'était pas difficile de comprendre qu'il n'y avait pas que les chiottes que je n'avais pas trop fréquentées durant le week-end. Ça chambrait un peu, mais j'arrivais à répondre. Moins aux éducateurs, qui n'étaient pas dupes et m'envoyaient prendre une douche à mon retour le lundi. Le problème n'était pas tant l'odeur, mais les poux. D'autant plus que, lorsque ceux-ci circulaient, on ne tardait pas à en supposer l'origine. Ils provenaient forcément des pauvres de l'internat. Les éducatrices avaient été d'ailleurs surprises qu'une fille de bonne famille, qui était externe, en ait aussi. Les certitudes n'ont pas été ébranlées par l'exception, car, c'est bien connu, elle confirme la règle. Dès lors, j'étais un suspect permanent et je craignais que telle prof ou telle éducatrice que je trouvais jolies ne voient s'échapper de ma chevelure ces horribles petites bêtes.

Certes, il aurait été plus judicieux de prendre ma douche le lundi soir, comme me le demandaient les éducateurs, plutôt que d'attendre le lendemain matin, mais il y avait tant à faire. À peine rentré d'études, un coup de *TOP 50* et c'était déjà le repas. Il ne restait alors plus beaucoup de temps avant le coucher, il aurait été dommage d'en gaspiller à la salle de bains. Nous disions souvent que l'internat, c'était la prison : c'est vrai qu'ici la principale attraction était la télé, mais, en plus, il fallait aller se laver tous les jours. Encore heureux qu'on nous laisse le choix entre prendre notre douche le soir ou le matin. Car, une fois le dessert fini et les tables débarrassées, nous tenions absolument à regarder *Les Guignols,* dont on rejouait les sketchs, le lendemain, à la récré. La télévision l'emportait sur la toilette, mais en cela j'étais assez proche du reste de la population : on n'a jamais entendu qu'une famille se soit ruinée en crédits à la consommation pour acheter des gels douche de luxe, alors que pour un écran plat…

On rêvait, devant la télé, sur ceux que nous appelions les « valides », mais, sans le savoir, nous n'étions guère différents des autres enfants : nous faisions les mêmes rêves et avions les mêmes difficultés à nous lever quand sonnait le radio-réveil.

*

Le frère Michel organisait des activités les samedis après-midi auxquelles je me rendais. Comment j'ai atterri là, je ne sais plus trop, ça devait être une idée soit de l'assistante sociale, soit des éducateurs de l'AEMO.

Après avoir traversé la ville en bus, il fallait encore marcher un bout pour arriver jusqu'aux bâtiments des frères de Saint-Jean-Baptiste de la Salle, dans le quartier Saint-Claude. Une fois arrivés, on parcourait une grande cour pour atteindre une sorte d'atelier où on pouvait fabriquer ce qu'on voulait. En entrant, on y voyait des tables et des établis, tout ce qu'il fallait pour bricoler. La première chose qu'on remarquait, c'était un handicapé qui venait tout le temps et construisait, avec sa seule main disponible, des tours Eiffel en allumettes. La vie manque parfois d'imagination, et c'est un peu gênant quand les clichés existent vraiment. Mais, heureusement, lorsqu'on est enfant, on n'est pas encore blasé et on peut tout simplement être admiratif de l'exploit.

Il y avait d'autres adultes, dont une fille très belle que j'avais entendue expliquer que c'était trop fort que Lagaf' finisse numéro 1 au *Top 50* avec une chanson qui était censée se moquer de ce classement. Moi, je n'en pensais rien, pas que l'humoriste soit trop subtil pour moi, mais surtout parce que je n'en avais déjà rien à foutre de ses chansons en général et de *La Zoubida* en particulier. Mais quand une fille jolie parle, c'est forcé, on écoute, et on se retrouve à retenir des choses purement anecdotiques. Il y avait aussi un animateur dont on disait qu'il faisait exprès d'oublier son maillot de bain quand il devait nous accompagner à la piscine, et c'est vrai qu'à chaque fois ça ne loupait pas, il venait sans son sac et s'excusait piteusement. Du coup, nous ne sommes jamais allés à la piscine, ce qui n'est pas grave parce que je trouvais que je n'étais pas beau et trop gros.

Le frère Michel était toujours habillé d'une blouse bleue. Ce chaleureux bonhomme à lunettes nous accueillait en nous faisant la bise. Alors qu'il encadrait une bande de gamins, il était tout le temps calme et souriant. Personne ne l'a jamais vu crier ou s'énerver. Il avait ses prédilections, il aimait nous faire fabriquer de petits chalets en bois, qu'on décorait ensuite à la pyrogravure. Je me suis risqué à d'autres choses plus conséquentes, mais j'ai vite été ramené à mon manque de talent. Ainsi, il m'était venu l'idée de fabriquer une table de salon. Si j'ai réussi à ne pas me blesser, avec la scie, le marteau, le rabot et la ponceuse, le résultat était loin d'être convaincant : la table était totalement bancale. Le frère Michel me l'avait quand même apportée chez moi, dans sa 4L, où elle a fini sa vie à la cave.

Il passait parfois à la maison. Très bizarrement, je ne me souviens pas de l'avoir entendu parler une seule fois de religion, en tout cas pas avec moi. Il ne devait pas trop prendre la tête de mes parents avec ça non plus, puisque ceux-ci, bien que nous ayant baptisés, ne se rendaient jamais à la messe et ne semblaient guère portés sur la chose. Seul mon beau-père parlait parfois d'une église protestante dans laquelle il s'était rendu plusieurs fois. Il avait retenu que Marie n'y était pas considérée comme vierge, mais, ce qui l'avait surtout marqué, c'est que le pasteur ne se gardait pas tout le pinard pour lui et faisait tourner la coupe parmi les présents. Mes parents trouvaient que le frère Michel était un mec bien parce qu'on pouvait picoler avec lui et parler de cul sans qu'il fasse sa chochotte.

Moi, je le trouvais sympa, car, à la fin de la journée, avant que je parte, il me donnait des tas de pains d'épices au chocolat à rapporter à la maison. Le soir venu, lorsqu'en hiver il fait déjà bien noir et froid, je partais alors l'esprit léger et heureux jusqu'à l'arrêt de bus. Mais comme le bonheur est vite ennuyeux, je jouais à me faire peur, m'imaginant poursuivi par les agents de la Securitate roumaine, dont la découverte des tunnels, au *6 Minutes* de M6, m'avait impressionné. J'imaginais des mecs qui pouvaient surgir de n'importe où. La tension à son comble, je traversais les rues avec angoisse, pressé de rejoindre l'arrêt. Une fois arrivé, il fallait que le bus ne tarde pas trop, au risque de me faire arrêter. Je réussissais finalement à me faire peur pour de vrai. On n'a pas idée…

On n'a pas idée non plus de dessiner des croix gammées sur les établis et les meubles de l'atelier, car, plusieurs années après, c'est ce qui resterait en mémoire au frère Michel quand je le croiserais par hasard aux abords de la fac. Un truc que je faisais juste pour faire chier, car j'avais bien compris que, dans les films, c'étaient les méchants. Il n'y avait rien d'idéologique, juste le plaisir malsain de foutre le bordel et d'exister négativement. Je voyais bien que le frère Michel était complètement désemparé, ça semblait le dépasser. Il y avait peut-être quelque chose dans sa vie personnelle qui ne lui permettait pas d'avoir du recul sur ce sujet précis. Ou, plus simplement, il ne comprenait pas comment un gamin pouvait s'amuser de quelque chose d'aussi grave.

*

Quand LIDL a enfin ouvert un magasin à Besançon, ça a été une vraie révolution, la joie a traversé le quartier. Nous en avions entendu parler longtemps avant et nous étions tous impatients.

Pour les familles les plus pauvres, c'est un monde nouveau qui s'ouvrait, plein de tablettes de chocolat au lait, de paquets de gâteaux, de céréales pour le petit déjeuner, de yaourts aux fruits… Ah, les cafés et chocolats viennois qui s'achetaient à l'unité… Tous ces aliments sur lesquels nous bavions en lisant les catalogues sur papier glacé déposés, pour bien nous provoquer, quotidiennement dans nos boîtes aux lettres, étaient enfin accessibles. Avant, il fallait compter sur un coup de bol pour que le colis de la Banque Alimentaire contienne ce genre de choses. Plus généralement, on avait le droit à des steaks hachés qui faisaient des bulles blanches quand on les cuisait. Il fallait attendre l'hiver et l'ouverture des Restos du Cœur pour récupérer de bons produits. Le reste de l'année, pour les enfants résidant dans les trois bâtiments des 408, c'était la frustration à tous les étages. Celle-ci avait été parfaitement entendue par des commerçants habiles, et c'est ainsi qu'étaient nés les camions à glaces qui venaient klaxonner au bas de nos barres d'immeuble. Nos parents, chaque fin d'après-midi, ne pouvaient résister à nos supplications et nous donnaient les quelques francs qui nous permettaient d'acheter un esquimau. Et l'été, pour eux, c'était le cauchemar, puisque les forains venaient vendre de la barbe à papa et installer deux ou trois manèges juste en face de mon immeuble.

Le magasin était comme un grand hangar posé sur un parking. L'intérieur ressemblait aussi à un hangar, avec différentes palettes de produits disposées en ligne. Aucun soin n'avait été apporté à la présentation, mais qu'est-ce que ça pouvait bien faire, si ça permettait d'acheter moins cher ? Tout était sommaire, mais personne ne s'en offusquait, tout le monde voulait faire des affaires et comprenait que, pour cela, il fallait ne pas trop s'attarder sur le standing. L'important, c'est qu'enfin nous allions, nous les enfants, avoir du Coca, par la grâce d'une sous-marque, à profusion à la maison, comme nous en rêvions depuis si longtemps sans oser espérer qu'un jour une telle chose puisse arriver. Les repas pourraient désormais se faire à coups de pizzas Margherita à 4,95 francs… Les gérants du magasin avaient peut-être poussé un peu trop loin leur souci d'économie. En effet, ils n'avaient pas cru utile d'investir, au début, dans des caméras de surveillance. Bien mal leur en a pris. Nous avions très vite compris qu'en se glissant entre les palettes, il était possible de manger du chocolat au lait sans être vus de quiconque. Il n'avait peut-être pas traversé l'esprit des propriétaires que les pauvres sont des ingrats, vous leur donnez accès à tout ce qu'ils n'avaient pas auparavant et, eux, sans la moindre vergogne, vous volent quand même…

En fin d'après-midi, on pouvait voir la mère et le beau-père revenir avec leurs sacs floqués au nom de l'enseigne allemande de hard-discount. Ce n'était pas encore hype de se rendre dans ce magasin, pas encore la destination chic des classes moyennes qui allaient apporter la respectabilité. C'était un vrai truc de pauvres et c'était un peu la honte d'y aller. Peu importe, nous n'avions pas les moyens d'être snobs.

*

Placer les trois pays Baltes sur une carte, j'ai su quand c'était nécessaire, pour une interro, mais j'oubliais une fois celle-ci passée. Aujourd'hui encore, je suis incapable de situer correctement la Lituanie, la Lettonie et l'Estonie. J'aurais quand même pu faire un effort : un ami de la famille, chez qui j'allais passer des week-ends, était letton.

C'est vrai ça, j'aurais quand même pu me bouger, d'autant que cet ami de mes parents, Youri, connaissait ma prof de dactylo et mon prof de maths, tous deux lettons comme lui. Ça commençait à faire quand même beaucoup de Lettons autour de moi, pourtant, à aucun moment, ne m'est venue l'idée d'aller ouvrir un dictionnaire pour en savoir plus sur la Lettonie, regarder où elle se trouvait ; pour un enfant qu'on disait curieux, une telle négligence venait contredire les espoirs que les adultes mettaient en moi. Je crois qu'on m'a beaucoup surestimé. Le pays faisait partie de l'URSS, l'information me suffisait, je ne souhaitais pas en savoir plus. Toutefois, sous le préau, durant la récréation, j'étais allé voir mon prof de maths, pas pour lui parler de la Lettonie, mais de Youri. Il m'avait confirmé qu'il le connaissait. J'étais assez content de la chose, ça prouvait que, dans ma famille, on ne fréquentait pas que les rebuts de la société. Malgré tout, un peu comme tous ceux qui passaient à la maison, Youri avait ses particularités. On racontait qu'il n'arrivait plus à trouver d'assurance pour sa voiture depuis qu'il s'était endormi au volant. Il paraît qu'il avait fallu qu'il aille jusqu'à Paris pour trouver un assureur qui veuille bien l'accepter. L'endormissement, c'était parce qu'il prenait des cachets. Pourtant, celle qui semblait la plus endormie, c'était sa mère, très discrète, qui ne parlait jamais. Ça ne devait pas être une histoire de médicaments, mais plutôt parce qu'elle ne devait pas bien parler français. Le dimanche matin, au petit déjeuner, je buvais mon chocolat devant la dame silencieuse vêtue d'un jogging rose.

À l'instar d'une chambre d'adolescent, celle de Youri était parsemée de posters. Mais ici, pas de photos de Madonna, de Steffi Graf ou d'Andre Agassi. Youri n'était plus adolescent, il ne devait donc pas fantasmer, comme nous tous, sur la chanteuse, les belles jambes de la joueuse de tennis, ou rêver de porter les shorts en jean et les tee-shirts aux couleurs flamboyantes de celui qui deviendrait plus tard, en même temps qu'il perdrait officiellement ses cheveux, le compagnon de la championne allemande. Non, les murs de sa chambre étaient recouverts d'affiches de Jacques Chirac. C'était pour le moins original, mais j'étais trop jeune pour mesurer l'ironie de voir cet homme vouer un culte à celui qui, en pleine période reaganienne, promettait de lui retirer les aides avec lesquelles il vivait. Je n'étais pas plus intelligent que la moyenne, alors je me disais juste : « Tiens voilà un mec qui s'intéresse à la politique. » Dans ma famille, tout le monde s'en foutait de la politique et personne ne votait, et il est fort probable que Youri ne se déplaçait pas non plus les jours d'élections. Mon beau-père avait quand même écrit une fois au président de la République. Un vague conseiller lui avait torché une réponse tout aussi vague, mais, lui, était très fier, il sortait parfois la lettre. Il pensait que là-haut, tout là-haut, on allait enfin s'occuper de ses problèmes.

Chez Youri, ce qui était intéressant, ce n'était pas sa chambre, mais sa télé. En effet, il avait Canal +. Cette chaîne faisait rêver tout le monde, il se disait que certains arrivaient à trafiquer des décodeurs pour la recevoir gratuitement. Hélas, ma famille ne faisait pas partie de cette élite de petits malins. La chaîne était brouillée, donnant une image tremblante, alors il arrivait qu'à l'internat un mec qui lui non plus n'avait pas de décodeur enregistre le porno du samedi soir en crypté sur une cassette. On la regardait en cachette, dans la salle de jeux où se trouvait la télé, et, franchement, même en étant bigleux, on voyait très bien ce qu'il y avait à voir. Youri n'étant pas un tordu, ce n'était pas ça que je regardais avec lui le dimanche après-midi. Ce qui le passionnait, c'était le catch. Je n'avais pas bien compris si les combats étaient réels ou non, même si je trouvais ça bizarre qu'on n'y voie jamais de sang ou de bras cassés. En voyant les adversaires se frapper à coups de chaise, se sauter dessus depuis la troisième corde, je rêvais, moi aussi, de pouvoir péter la gueule de tous ceux qui m'emmerdaient. Hélas, il m'aura fallu attendre que quelqu'un apporte à l'internat *Street Fighter II* pour me consoler de mon impuissance.

Le dimanche soir, Youri me raccompagnait chez moi sans s'endormir au volant : je n'avais rien appris sur la Lettonie, mais, au moins, je savais qui était Hulk Hogan.

*

Il y avait le bus et les éducateurs, ce qui était un peu la même chose. On peut prendre le premier accompagné des seconds, le prendre tout seul avec leur autorisation, et tous deux vous conduisent, avec ou sans abonnement, quelque part.

La première semaine de mon arrivée au centre, les éducateurs de l'école ont voulu voir comment je me déplaçais ; ils avaient pu vérifier que je faisais bien attention à regarder des deux côtés avant de traverser et à attendre que le bonhomme soit vert. Puis, nous avons pris le bus ensemble, où j'ai montré que j'étais bien poli avec le chauffeur, que je ne me trompais pas dans les arrêts et les changements. Ils en ont conclu que, du haut de mes 9 ans, je pourrais venir tout seul le lundi à l'internat et que, le mercredi après-midi, j'aurais le droit de descendre jusqu'au centre-ville. Comme je ne savais pas trop quoi y foutre, j'avais tendance à retourner au quartier. Une semaine à l'internat, c'était long sans voir ma mère. Les internes attendaient tous l'appel de la leur, qu'ils recevaient dans le bureau des éducateurs. Ceux-ci avaient la courtoisie de laisser l'enfant seul. Il était possible aussi de passer des coups de fil qui nous étaient facturés à la minute. Chaque mois, les éducateurs nous donnaient la facture manuscrite, que nous allions régler à l'entrée de l'école, où se trouvait une loge occupée par une personne qui faisait office de standardiste et ouvrait la barrière d'entrée aux véhicules désirant pénétrer dans l'établissement.

Comme il y a des coiffeurs à domicile, il y avait des éducateurs spécifiques qui venaient, tous les quinze jours, à la maison, prendre des nouvelles : les éducateurs de l'AEMO.

Un homme barbu et une femme étaient contraints de prendre le café dans la petite cuisine. Ils m'interrogeaient sur les activités dans lesquelles je m'étais engagé. Je répondais docilement comprenant bien ce que l'on attendait de moi. Il m'arrivait même, parfois, d'en faire un peu trop. Comme ce jour où la conversation s'est orientée sur une information dont tous les Bisontins parlaient : l'installation de postes de télévision dans les bus. Mon beau-père était persuadé qu'on y diffuserait des films. Il pensait qu'avec sa carte il passerait sa journée à en regarder. Comme un con, quand on a parlé de cette nouveauté, j'ai dit que j'avais vu ces fameux téléviseurs, que c'était génial et qu'on pouvait y voir des films super. Hélas, quand ils sont finalement apparus, ils n'ont évidemment diffusé que des publicités et des informations culturelles. Le problème, bien entendu, n'était pas le mensonge, je n'en étais pas à un près, c'était l'inévitable découverte de celui-ci. Mais je crois qu'ils ne l'ont pas répété au juge pour enfants.

*

Dans l'école de malvoyants, ça se battait quand même, il n'y a pas de raison. Je veux surtout dire qu'il n'y avait pas que moi qui jouais des poings, et je peux ajouter que, même ici, je n'étais pas le plus fort.

Vers le tourniquet, à côté des balançoires, j'ai étranglé un camarade pour une raison que j'ignore. C'était un demi-pensionnaire ; je voyais tous les jours ses parents l'amener à l'école. Comme son père était peintre et sacrément costaud, je me suis mis à flipper, je me suis dit qu'il allait venir me taper. J'ai bien stressé pendant une semaine à ce sujet, et, finalement, c'est sa mère qui est venue me parler. Elle a demandé à me voir et, calmement, près des trois marches d'escalier, devant le bâtiment principal, m'a interrogé sur la raison de mon geste. J'étais bien en peine pour répondre parce que moi-même je ne le savais pas. Elle m'a expliqué que ce n'était pas bien ce que je venais de faire. Je n'étais pas habitué à ce que l'on me parle ainsi, mais n'étant pas très porté sur la réflexivité, je n'en ai tiré aucune conclusion. La dame à lunettes et aux cheveux courts est retournée à sa voiture, et moi j'ai continué comme si de rien n'était, frappant untel plus faible que moi et essayant d'échapper à plus costaud que moi.

Les aveugles aussi se battaient. L'un avait une technique imparable, il se mettait à tourner sur lui-même et lançait poings et pieds au hasard. Un autre, conscient de sa force, s'amusait à nous attraper et à nous mettre un grand coup de poing dans l'épaule, cette dernière en gardait un souvenir pour plusieurs jours. Les trous dans certaines portes de l'internat lui sont d'ailleurs dus. Heureusement pour lui, et pour nous (quoique), il s'est découvert une passion pour un sport pour malvoyants et non-voyants : le torball. Ce sport se jouait à deux équipes de trois qui avaient les yeux bandés. Face à face, les joueurs protégeaient des cages, à genoux sur des tapis de sol pour se repérer. Ils s'envoyaient un ballon sonore qui devait frôler le sol en passant sous des fils dotés de clochettes. Le match pouvait être arbitré par un aveugle, c'était bien pratique. Sauf le jour où, en plongeant pour attraper la balle, je me suis heurté à un camarade, j'ai hurlé de douleur, l'arbitre a sifflé, m'a remis un avertissement en me disant qu'on ne devait pas crier pendant le match. À moi qui venais de me casser le coude… Mais pour le camarade musclé, ce sport a été l'occasion d'exercer sa force en lançant bien violemment le ballon sur l'équipe d'en face, comme les voyants qui s'amusent au handball à envoyer des pains sur le gardien.

Si je n'étais pas le plus fort, j'étais probablement le plus taré. Car, personne, en dehors de moi, n'avait agressé un enseignant. Je suis le seul avoir eu cet accès de fureur à l'encontre de la prof de dactylo, qui, quelques années auparavant, m'avait offert une encyclopédie et m'encourageait à travailler à l'école. Une fois, alors que j'étais en train de taper quelqu'un, elle était venue s'interposer. De petite taille, je l'avais alors plaquée contre le mur en lui disant, car elle était d'origine étrangère : « Va donc crever avec tes sales Russes ! » C'est l'intervention de la prof d'histoire, bien plus imposante physiquement, qui avait sorti cette enseignante de ce mauvais pas. La prof d'histoire m'avait conduit sur un banc afin de parler avec moi et de me calmer. La prof de dactylo n'a gardé aucun grief à mon égard, même si elle a regretté que je n'aie pas été sanctionné à l'époque. Le directeur lui avait alors dit en rigolant : « Madame, on va vous payer des cours de karaté. »

Pourtant, il ne faut pas croire que le directeur ne faisait rien. Un jour que j'avais foutu trop le bordel, il m'avait convoqué dans son bureau et obligé à faire des pompes. Il avait regardé le petit gros à lunettes s'essouffler et dit de sa voix nasillarde : « Alors, on fait moins le malin, maintenant. »

*

Je voulais que les gens m'aiment, c'est certain. Je voulais qu'ils disent que j'étais un enfant intelligent et curieux ; c'est pour cette raison que je me suis intéressé à l'actualité.

Tout d'abord, j'écoutais ce que disaient les adultes à l'école, et je le répétais en faisant comme si c'était moi qui avais pensé ça tout seul. Ainsi, on pouvait voir un gamin de 10 ans parader dans la cour déclarant : « Franchement, le débat d'hier à la télé, on aurait cru que c'était du théâtre. » Toujours aussi sûr de moi, au repas de midi, on pouvait m'entendre dire : « Le problème de Fabius, c'est qu'il ne sait pas s'exprimer simplement alors qu'on voit bien que c'est un mec compétent. » Au goûter de 16 h 30, j'en étais encore à assener, tout en mangeant mon bout de pain avec une barre de chocolat noir, que « ce pays est impossible à réformer ». On voyait que les adultes étaient vraiment contents qu'un gosse répète leurs propres conneries.

Comme je passais mes samedis à la médiathèque, j'avais commencé à me rendre dans la salle réservée à la presse, là où trois vieux attendaient qu'un quatrième veuille bien lâcher son exemplaire de *L'Est Républicain*. On sentait parfois de l'impatience dans leurs regards quand celui qui lisait prenait trop son temps. De là, on entendait un mec qui venait l'après-midi taper sur les nerfs de tout le monde en parlant fort avec les dames qui s'occupaient des CD dans la salle d'en face. « Tu connais Stravinsky ? » répétait-il avec sa voix nasale. Elles ne perdaient pas patience et lui répondaient toujours gentiment. Quand il partait en vacances, il leur envoyait des cartes postales... Malheur à celui qui entrait dans la salle, il se retrouvait avec le gars dans les pattes venant lui demander : « Tu connais Sylvie Vartan ? Elle chante bien, hein ? » Au fond, ce mec était certainement comme moi, il cherchait désespérément une place.

En sixième, le lundi, en me rendant à l'internat, à l'arrêt où je changeais de bus se trouvait un bureau de tabac où j'allais acheter *Le Figaro*. Dans le présentoir, c'était le plus gros et le plus beau, il était bien épais avec son cahier saumon. J'avais l'impression de faire une affaire, ça me faisait une belle quantité de papier pour quelques francs. La prof d'anglais semblait étonnée par mes choix journalistiques quand elle me voyait arriver en cours avec mon exemplaire. Elle s'approchait alors de mon bureau et feuilletait le numéro puis le reposait. Moi, j'en profitais pour regarder ses jambes, que je trouvais belles et fines. Quand on est bigleux, c'est toujours bien d'avoir l'occasion de voir les choses de près. Hélas, la beauté de la prof ne m'a pas rendu meilleur en anglais.

C'est comme ça que je me suis retrouvé à proposer à l'internat des soirées sur l'actualité. Grâce à un éducateur, j'avais rencontré deux femmes qui venaient des pays de l'Est. Les régimes communistes s'étaient effondrés, j'avais suivi de près l'affaire dans *Okapi*. J'avais enregistré une interview de ces deux personnes et je l'avais fait écouter un soir. Mais ce qui m'a vraiment fasciné, comme tous mes camarades, c'était la guerre du Golfe. L'éducateur qui s'occupait de l'atelier son et touchait sa bille en vidéo, m'a dit que je pourrais réaliser une vidéo de présentation aux internes sur le conflit. J'ai rameuté un camarade, et on s'est rendus à la médiathèque avec une machine à écrire et une machine braille mécanique, toutes les deux ayant la particularité d'être extrêmement bruyantes. J'ai dit à la dame : « Bonjour, on est malvoyants, on est obligés d'écrire avec des machines, est-ce que c'est possible ? » Comme on n'ose rien refuser à deux enfants, surtout handicapés, elle a dit « oui ». C'est ainsi qu'en toute innocence on a ruiné l'après-midi de lecteurs trop polis pour nous le faire remarquer.

Une fois rentrés avec nos notes, on a rédigé une présentation, que l'on est allés enregistrer dans la salle de jeux. L'éduc avait monté un générique qui reprenait la musique de *7 sur 7* et qui commençait par un gros plan sur une pile de journaux. On nous voyait ensuite ânonner notre texte.

Deux couillons à lunettes prétendaient expliquer aux autres internes les subtilités de cette guerre. Comme il faut bien dire que la vie à l'internat n'était pas toujours passionnante, les camarades ont écouté tout ça attentivement, ça leur faisait une occupation. On ne remerciera jamais assez l'ennui, qui nous conduit parfois sur des chemins inédits, et surtout la télé de ne pas avoir programmé un match ce jour-là.

*

Cette année-là, dans ma chambre, il y avait un mec qui avait, comme moi, un besoin irrépressible de se faire aimer. Je le considérais comme un abruti. C'était vraiment le plus con de la chambre.

Quand je lui disais que c'était qu'un gros lard, il me répondait qu'il s'en foutait parce que l'essentiel c'est qu'il soit bien dans sa peau. Ça sentait la phrase soufflée par les éducateurs. Moi aussi, j'étais un gros lard, ça nous faisait un second point commun. Mais il détenait un avantage sur moi : le pognon. Pour se faire accepter par le groupe, il usait d'une technique imparable : il organisait des jeux où l'on gagnait des lots et parfois de l'argent. Il avait bien compris les hiérarchies parce que, dans ses jeux trafiqués, il s'arrangeait invariablement pour faire gagner le plus fort. En étude, quand il n'y avait pas de surveillant, il organisait des concours avec des questions, et, comme par hasard, c'étaient toujours les plus grands qui emportaient la mise. Il n'était pas si con que ça finalement. Dommage que ne lui soit pas venu à l'idée, comme le faisait un autre, de payer quelqu'un pour le remplacer quand c'était son tour de laver la vaisselle à l'internat ou de passer l'aspirateur dans la salle à manger. Ça aurait été un moyen de me faire un peu d'argent. Il ne me restait que le soir pour passer à la caisse. Souvent, alors que nous étions déjà couchés depuis un certain temps, il déclarait : « Celui qui parle avec moi après minuit, je lui donne 20 balles. » Les autres avaient été durant la journée suffisamment rassasiés en cadeaux divers, c'était alors à mon tour de jouer.

Il y avait vraiment moyen de se faire du blé avec lui. La mode était à la collection d'autocollants. Un gars à l'internat avait réussi à en avoir plus de sept cents. Il avait écrit aux stations Radio France de chaque ville, à toutes les autres radios, et aussi aux chaînes de télé. Il avait été superfier lorsqu'il avait reçu ceux de NRJ. Je faisais la tournée des magasins du centre-ville pour leur en demander, parfois, je tombais sur des commerçants généreux qui m'offraient en plus des stylos. Comme Skyrock avait une antenne locale, je m'y étais rendu ; ils m'avaient filé aussi un petit poste de radio. Quand ma collection a atteint les cent quarante autocollants, je m'en suis lassé, je l'ai alors revendue 70 balles au plus con de la chambre. Être dans ma chambre pouvait s'avérer dangereux. L'année suivante : j'ai revendu une collection de timbres à un aveugle ; l'éducateur n'était pas très content, mais il n'est pas allé jusqu'à annuler la transaction.

En ce qui concerne les autocollants, ça avait été même mieux, puisque l'autre avait raconté à sa mère que je les lui avais offerts. Celle-ci m'avait appelé un soir à l'internat pour me remercier, m'avait fait cadeau d'une maquette de Porsche en 1/24 et d'un pull.

Dans la chambre, il y avait un autre mec, très grand. On disait qu'il était à risque, c'est l'expression qui était employée pour désigner tous ceux de l'école qui avaient, en cas de choc, un risque de décollement de rétine. En sport, parfois, il devait porter un casque, et certaines activités lui étaient interdites. Il ne valait mieux pas tenter de lui balancer un gnon dans la gueule, car il pourrait finir à l'hôpital, et ce serait aller au-devant de gros ennuis. Il n'y avait pas de danger qu'une telle idée me traverse l'esprit, il était bien plus costaud que moi. Il était plus simple de poursuivre, dans les couloirs, le plus con de la chambre, qui échappait à mes coups grâce à la vigilance des profs et des éducateurs. Les trois, dans la chambre, nous avions établi une règle stricte : le matin, c'était le dernier sorti qui devait ouvrir la fenêtre pour aérer. Le soir, nous préparions soigneusement nos habits pour être prêts quand l'éducateur arriverait pour nous réveiller. Cette règle entraînait des conflits, je reprochais au troisième de porter exprès des joggings pour aller plus vite ou de fermer sa veste une fois à l'extérieur. Le plus con de la chambre, qui perdait tout le temps à ce jeu, s'est très vite désintéressé de cette petite compétition, c'est lui qui ouvrait tous les matins la fenêtre. Je crois qu'on peut le dire, dans la chambre, c'était finalement lui le moins con…

*

Sous prétexte que notre directeur de l'internat adorait la randonnée, aveugles et malvoyants étaient transportés à Valmeinier et à Valloire afin qu'ils puissent admirer les magnifiques paysages tout en se prenant les pieds dans les pierres.

Il se disait aussi que ces vacances obligatoires servaient à récupérer des prix de journée, base du financement dans l'éducation spécialisée. Le prix de journée avait été abordé par les éducateurs lors d'une soirée de présentation organisée dans la maison familiale où nous résidions. Un film avait été diffusé où l'on voyait des aveugles marcher dans la neige et, dans la discussion qui avait suivi, un camarade avait expliqué que, même s'il ne voyait pas, il devait porter des lunettes de soleil lors des randonnées pour éviter de se brûler les yeux. C'est pendant cet échange que le directeur de l'internat avait indiqué combien l'école touchait par jour pour chaque élève. N'ayant aucun ordre de grandeur, la somme nous avait, bien entendu, paru énorme. Surtout elle allait pouvoir nourrir nos disputes avec les éducateurs : déjà lorsque nous étions réprimandés, certains d'entre nous leur répondaient que c'était quand même grâce à nous qu'ils avaient un travail ; maintenant que nous connaissions l'argent que l'école percevait pour nous accueillir, nous en avions conclu qu'ils se faisaient plein de blé grâce à nous.

Tout le monde était content de la soirée de présentation, nous n'avions pas encore honte de notre handicap, nous pensions même qu'il était plutôt utile, nous rendait intéressants et conduirait les gens à être gentils avec nous. Nous étions même prêts à en accentuer ses effets si ça pouvait permettre aux autres de nous aimer, d'excuser nos défauts. Ce dont nous étions moins contents, c'était de devoir aller marcher toute la journée pour contempler trois cailloux, un bout d'herbe et, parfois seulement, un lac. La montagne, nous détestions presque tous ça, mais il y en avait toujours un parmi nous qui, lui, était parfaitement dans son élément, le genre de mec qui avait ses propres chaussures de randonnée rutilantes, alors que nous allions en louer des toutes moches dans les magasins du centre-ville. Il n'était jamais fatigué et était tout content d'aller, sans nous et avec les autres vacanciers, monter le Galibier. Il parlait même de faire son premier 3 000. Mais pour tous les autres, la montagne paraissait aussi passionnante qu'une partie de Scrabble, les crampes en plus. Alors, le soir, nous cherchions comment échapper à la rando du lendemain. Mon meilleur pote, se prenant pour Bruce Lee, s'était mis à se cogner le tibia contre une poutre, espérant se blesser. Faut croire qu'il n'avait pas dû taper assez fort. Le lendemain, il était là, comme un con, avec son sac à dos, sa gourde et son sachet de fruits secs.

Heureusement, dans ce qui nous apparaissait comme un enfer, il y avait des parenthèses. L'un de nous avait raconté qu'il avait vu un film où une meuf se prenait du Bleu dans le cul. On n'a jamais plus mangé du fromage de la même manière. Ça nous avait occupés plusieurs soirées, une telle histoire. Un autre avait repéré que, pendant qu'on faisait la sieste, une éducatrice se faisait bronzer les seins à l'air. Quelques-uns avaient prétexté devoir pisser pour sortir du dortoir du chalet et tenter d'apercevoir quelque chose. Cette affaire nous avait bien émoustillés. D'autant plus que la même éducatrice avait fabriqué, pour un cours d'éducation sexuelle, une bite en pâte à modeler pour la faire toucher aux filles aveugles. Celui qui avait pu voir l'objet en vrai était venu nous raconter ça et, selon lui, ça se voyait qu'elle s'y connaissait. Mais, le plus important, c'est que j'avais rencontré une fille qui était venue avec ses parents. Elle résidait dans la même maison familiale que nous. Moi, mes parents ne risquaient pas de m'emmener en vacances quelque part. L'essentiel, c'est qu'à la montagne j'avais rencontré cette fille, une vraie fille, même pas malvoyante. Elle m'avait donné son adresse pour que je lui écrive. Ce que je n'ai jamais fait pour la simple et bonne raison que, sur le chemin du retour, dans le trafic de l'école, comme ça, juste pour faire le malin devant les copains, j'avais mangé le papier où elle l'avait écrite.

*

Dans la vie, il n'y a pas que la réalité, il y a heureusement le droit au rêve. Pour cela la société vous fournit même des ustensiles, c'est comme ça que sont apparus chez moi des pistolets à grenaille.

Mon beau-père et un ou deux de ses potes s'en sont acheté, car ils ont l'avantage d'être en vente libre. Dans le cas de mon beau-père, qui n'avait pas de pognon, disons que c'était plutôt ma mère qui avait raqué, mais que c'était lui qui se baladait avec l'arme. Elle s'était dit qu'on ne savait jamais, que ça pourrait servir un jour pour se défendre. Tous portaient ça fièrement dans leur holster et se rêvaient grands délinquants, comme dans les films d'Alain Delon qu'ils mataient à la télé. On pourrait conclure, un peu rapidement, que la télé faisait des ravages, les rendait cons, mais, dans ce monde plein d'ennui où il ne se passait désespérément rien, elle représentait le seul horizon. Un horizon qui offrait, au milieu des mégots de cigarettes, un ailleurs, la possibilité d'une vie meilleure. Elle rendait à tous cette misère supportable. Pour tous ces prolos qui ne bossaient pas depuis si longtemps, le parti ou le syndicat n'étaient d'aucun secours.

Parfois, ils discutaient un peu technique et échangeaient sur les capacités d'un tel engin, qui était, selon eux, en mesure de faire au moins un peu de dégâts. En plus, tous en étaient certains, il était impossible que le mec braqué se rende compte qu'il s'agissait seulement d'un pistolet à grenaille. Selon le Tigre, si on parvenait à retirer une barre placée dans le canon, alors on pouvait tirer à balles réelles. Aucun ne s'est aventuré dans une telle opération, non seulement parce que personne n'aurait su comment s'y prendre, mais surtout parce qu'aucun n'aurait été en mesure de se procurer de telles balles. De toute façon, qu'est-ce que ça changeait que le flingue tire à balles réelles, puisqu'il n'était au fond qu'un accessoire de mode qui servait à parader sur le parking ou dans la cage d'escalier ?

Le Tigre, dans les chiottes des bistrots, s'entraînait à dégainer rapidement son flingue. Les autres se foutaient de sa gueule quand il n'était pas là, mais prenaient bien soin de garder le leur dans leur holster. À les voir ainsi, à l'heure de la soupe, attablés avec leur arme à portée de main, ça faisait un peu une ambiance de saloon dans la cuisine. Le Tigre ne manquait pas d'imagination, il avait dit que ce serait bien, un jour, de louer une bagnole et de faire venir un mec, qu'on ferait semblant d'escorter comme un parrain de la mafia ; ça en jetterait devant les voisins. C'était assez étonnant de voir que les grands jouaient, eux aussi, à être des grands, et pour peu qu'ils ne boivent pas d'alcool, ils ne faisaient de mal à personne.

Je ne critique pas, moi aussi j'étais armé, je possédais un pistolet à pétards et même des menottes en plastique. Avec de telles pointures, il était plus prudent qu'un représentant des forces de l'ordre demeure en permanence à la maison.

*

Les parents, parfois, ils vous foutent la honte, je crois qu'ils ne se rendent pas compte.

Le jour où mes parents ont acheté une voiture sans permis, j'ai eu une terrible envie de me faire adopter par Jean-Luc Lahaye. J'aurais pu lui écrire d'ailleurs, il y avait l'adresse de son association au dos des boîtes de corn-flakes. Peut-être qu'il m'aurait répondu, il m'aurait expliqué que les enfants ont le droit d'avoir des pistolets à pétards, des voitures à pédales et que, dans ces conditions, rien ne s'opposait à ce que les grands aient eux aussi le droit d'avoir des jouets. Je lui aurais rétorqué que la voiture sans permis, comme le pistolet à grenaille, c'est un truc de loser pour ceux qui n'ont pas les moyens d'en posséder une vraie. Il m'aurait peut-être invité à en parler avec lui à la télé. Ma célébrité soudaine m'aurait alors consolé du bruit de mixeur du moteur de l'Aixam blanche de mes parents. Le cube en plastique monté sur quatre roues annonçait préventivement à tous son arrivée : les voisins pouvaient se mettre aux fenêtres pour contempler le spectacle. Cela contredisait le proverbe qui veut que ce ne soit pas tous les jours que l'on ait l'occasion de rire.

C'était évidemment la seule voiture de ce type de toute la barre d'immeuble. Elle trônait sur le parking, faisant resplendir les poubelles des autres locataires, qui devenaient, à côté d'elle, de magnifiques berlines. Ils auraient d'ailleurs pu écrire pour nous remercier de les avoir rendus riches juste par effet de comparaison. Mais, de toute sa vie, la voiture sans permis n'a reçu que des tomates par un couple de voisins qui ne nous aimaient pas. En tout cas, mon beau-père, il en était fier, il la montrait à tous ses copains, les emmenait faire un tour. Je n'y ai pas eu droit, mais je crois, bien que nous ne nous aimions pas et que nous ne nous adressions la parole que pour nous insulter, que si je le lui avais demandé, il aurait été tout heureux de me proposer une petite virée. Le bonheur rend généreux, fait oublier les querelles d'antan, il ne demande qu'à être partagé. Le visage rayonnant de mon beau-père, la satisfaction de ma mère avaient un prix. Une question demeure : comment avaient-ils pu trouver l'argent nécessaire pour se payer ce genre de véhicule ?

Mais, dans l'immédiat, ce n'est pas cela qui me préoccupait, mais plutôt que la joie de mes parents ne les conduise à des audaces insoupçonnées, qu'ils s'enhardissent jusqu'à venir me chercher à l'internat avec leur voiture sans permis. Ceux qui le pouvaient encore auraient vu, et les aveugles n'auraient pas été dupes et auraient parfaitement reconnu au bruit du moteur de quoi il s'agissait. Devenir la risée d'une horde de non-voyants qui se seraient moqués de moi dans les couloirs de l'école est vite apparu comme une perspective angoissante. Je m'imaginais déjà ridiculisé par plus handicapé que moi sans pouvoir me venger, car ça ne se faisait pas, quand on était voyant, de choper un aveugle dans un coin pour lui foutre un gnon. Je me suis donc mis à prier très fort pour que mon beau-père se contente de me ridiculiser dans le quartier et qu'il n'aille pas jusqu'à transporter un peu de honte jusqu'ici. Dans ma barre d'immeuble, bien malgré moi, ce n'était plus récupérable.

Moi qui suis malvoyant, je ne peux pas conduire. Si un jour, j'ai des enfants, au moins je ne leur foutrai pas la honte. Ils vivront heureux avec un papa qui se cogne contre les murs.

*

Le pistolet à grenaille a servi une fois, mais c'était la faute du voisin : il était venu foutre un coup de latte dans la porte d'entrée, c'était un truc qui se faisait dans la cage d'escalier, c'était une manière d'exprimer un mécontentement quelconque. Mais là, ce n'était pas le bon jour pour venir déposer sa réclamation.

Il y avait du monde dans la cuisine et plusieurs bières avaient été descendues. C'était un samedi où j'étais là, je glandais sur mon pieu, mon frère et ma sœur jouaient, et j'entendais bien les conversations. Ça parlait fort, ça se racontait comme d'habitude des histoires, du genre qu'on était des vrais mecs, qu'il ne fallait pas venir nous faire chier sinon on verrait ce qu'on verrait. Pour preuve, untel avait bien pété la gueule de machin le jour où celui-ci avait voulu trop faire son malin. Alors, quand le voisin est venu faire état de sa réprobation en shootant dans la porte, tout le monde a été d'accord pour lui défoncer sa petite gueule. Ça aurait été con de s'être vanté pendant plus d'une heure et de ne rien faire, d'autant qu'il y avait un pistolet à la maison, il n'y avait pas de risque non plus de se prendre une raclée en retour vu qu'il était tout seul. Il y en a deux qui ont décidé de monter avec le flingue de mon beau-père et ont tiré à travers la porte du voisin.

Ce dernier a appelé les flics, au quartier ça ne se faisait pas, c'était un peu comme se plaindre à la maîtresse quand on s'est pris un gnon à la récré. Les affaires de famille se règlent en famille, les histoires de voisins entre voisins. Pas la peine de rameuter tout le monde, et surtout pas des étrangers. Encore moins des flics. Quand ces derniers se sont pointés, j'ai planqué le pistolet sous mon matelas. Parmi les belligérants, il y en avait un qui était dans la merde parce qu'il avait un boulot, il travaillait sur le chantier d'Euro Disney, ce n'était pas le moment de finir en taule, il avait décidé de se cacher dans ma chambre. Les agents, accompagnés d'un chien qui n'avait pas l'air sympathique, ont très vite demandé le pistolet. Comme ils commençaient à s'énerver, il m'a alors semblé qu'il valait mieux le filer pour éviter qu'ils n'entrent dans ma piaule. Après leur départ, il y a eu discussion, je n'aurais peut-être pas dû donner comme ça le revolver. Ce qui contrariait tout le monde, c'est qu'on était certains qu'on ne le reverrait pas.

Je ne raconte pas de conneries, on en a même parlé dans le journal. J'étais très fier, j'avais montré l'article aux potes à la récré. Chez moi, on n'était donc pas n'importe qui, il ne fallait pas venir nous chercher. J'étais content, je me sentais puissant. Mais il y avait un hic à cette histoire, j'avais assisté à tout et je savais bien que, parmi les deux mecs embarqués par les flics, il y en avait un qui était innocent, puisque l'un des coupables se planquait dans ma chambre. L'enquête avait été menée avec beaucoup de professionnalisme, les flics ont appréhendé deux personnes au hasard, ont demandé aux autres locataires qui, de loin et dans l'obscurité, ont dit : « Ouais, on dirait bien que c'est eux. » Et hop, l'affaire avait été bouclée, et les deux gars sont montés quelques mois en prison. J'avais été témoin d'une erreur judiciaire. Le pistolet à grenaille a disparu en même temps que ma croyance en la justice de mon pays.

*

Ce jour-là, il y avait des frites au déjeuner, nous étions joyeux, nous savions déjà qu'à la fin du repas nous ferions le tour des groupes des plus petits de l'internat pour récupérer du rab.

Une fois tous assis et le repas enfin près de commencer, un des plus grands a posé aux éducateurs la question qui fâche : « On en est où à propos de la compote murale ? » À ces mots, j'ai gloussé, il m'a alors regardé sévèrement : « Euh moi, ça ne me fait pas rire. » « Le connard », me suis-je dit, seulement en moi-même, parce qu'il était plus fort que moi. C'était gonflé, le principal coupable s'inquiétait de l'avancée de l'enquête et faisait mine de s'offusquer lorsqu'on s'amusait de son trait d'esprit. Il faisait partie des internes qui s'étaient rués, durant la nuit, sur la corbeille de fruits pour projeter avec force les poires qui s'y trouvaient contre les murs de la salle à manger. Et il est vrai que, si au lieu d'éponger le tout, on avait soigneusement récupéré la purée qui dégoulinait du crépi, il aurait été tout à fait possible d'en faire de la compote. L'expression était bien trouvée.

Celui qui venait de prendre la parole était plus âgé que moi, faisait de la muscu et jouait de la guitare. Autant dire qu'il était bien plus charismatique que moi. Il m'avait raconté qu'il prenait des cours de musique à la MJC des 408 et qu'un soir en sortant, il avait failli se faire péter la gueule. Ce genre d'anecdote me donnait auprès de lui une once de prestige : j'habitais dans un quartier où il fallait être capable d'échapper aux coups. Venir d'une cité m'offrait un petit plus qui compensait le manque d'argent de poche, on pouvait s'inventer une vie aventureuse en jouant habilement sur les mythes de la vie en banlieue. S'il me portait une considération légèrement supérieure aux autres internes, malgré tout, pour lui, je n'étais qu'un gamin. Putain, même dans une école de bigleux, je n'étais pas foutu d'être le leader ! Quand ça ne veut pas, ça ne veut pas…

Après l'extinction des feux, lorsque c'était l'éducatrice la plus jolie qui faisait la nuit, il nous disait : « Ce soir, je vous promets, les mecs, je me relève et je vais la sauter. » Nous aussi, on aurait bien aimé se la faire, alors si un de la chambre y était parvenu, ça nous aurait en quelque sorte rapprochés de notre but. On l'encourageait, mais, quand il sortait de son lit, c'était comme nous, pour aller pisser. Il nous avait expliqué que, pour bien profiter, avec ce genre de meuf, il ne fallait pas être trop excité. Nous avions tous fait comme si nous étions à fond de son avis, mais, moi, à l'époque, je n'avais pas trop compris pourquoi il ne fallait pas être trop excité. De toute façon, on s'en fout, parce que, finalement, l'éducatrice, il ne l'a jamais niquée…

En revanche, le petit hypocrite, il en était la veille, c'est même lui qui avait écrasé le plus de poires contre les murs. L'idée était venue après le coucher, les pots d'eau vidés sur la tronche des plus faibles durant leur sommeil commençaient à lasser, il fallait trouver quelque chose de plus excitant. Moi, en bon suiveur, j'étais dans le coup sans que ma participation soit déterminante. J'étais plutôt celui qui veut tellement en être, mais dont tous les participants se passeraient bien. Le monde tournait très bien sans moi et on ne m'invitait pas toujours à monter sur le manège. Je pouvais tout de même me consoler en constatant que je ne faisais pas partie des plus faibles, n'ayant jamais été réveillé par un pot d'eau.

Alors, après qu'il m'a réprimandé pour avoir osé rire de l'action qui avait salopé les murs de l'internat, nous nous étions tous mis à regarder l'un des participants en pensant bien fort : « Vas-y, dénonce-toi. » Nous ne nous étions pas spécialement concertés avant, c'était la main invisible de la saloperie qui nous guidait. Manque de bol pour lui, il y avait, ce jour-là, un accord unanime pour qu'il s'en prenne plein la gueule. Un silence pesant régnait. Cela n'a pas échappé aux éducateurs, qui en ont conclu qu'il était le seul fautif, pourtant, il n'était que l'un des nombreux participants. Il a payé pour tout le monde sans pouvoir se défendre. Il a essayé de clamer son innocence sans parvenir à être cru.

Dans un internat d'ados handicapés, ça pouvait être parfois un monde de chiens ; comme au quartier, il fallait rester sur ses gardes. C'était mal parti, pour moi qui espérais qu'il existe un ailleurs, une vie qui serait différente de celle de ma cité. Et que ce soit ici ou dans ma banlieue, je n'étais jamais un meneur, juste un spectateur.

*

Les lumières éteintes dans la salle à manger, quelques spots, une boule à facette, un interne, qui rêvait de devenir plus tard animateur radio, derrière la petite table de mixage : la boum pouvait commencer.

Les morceaux s'enchaînaient, le camarade chargé d'animer la soirée prononçait parfois quelques mots entre deux chansons, un titre pouvait être dédicacé à quelqu'un. Nous étions nombreux à être passés, avant le début de la fête, par la salle de bains. Un peu de parfum bon marché, un coup de laque dans les cheveux, et surtout, répétitions, à l'abri des regards, de quelques pas de danse. Certains aveugles dansaient de manière particulière : plusieurs se contentaient de se balancer d'avant en arrière au rythme de la musique. Je n'étais pas meilleur, mon corps se refusait à toute cadence, à toute souplesse, il se présentait comme un obstacle à mon ambition d'être un mec qui assurait. Les morceaux rythmés ne posaient pas de problème, car ils se dansaient seuls, mais, une fois la partie des slows arrivée, il fallait vite se trouver une partenaire. La chose n'était pas aisée, il y avait bien moins de filles que de garçons à l'internat et nous convoitions les mêmes. Il était possible aussi de tenter un slow avec les éducatrices, car il y en avait de jolies, mais elles étaient trop peu nombreuses pour combler le déficit de l'autre sexe. De retour, dans notre chambre, nous comptions le nombre de fois où nous avions réussi à danser avec celle que nous estimions être la plus belle.

Les boums ont commencé tôt, il y en avait dans les groupes des plus petits. Dès mes 9 ans, j'ai eu l'occasion de m'exercer. Bénéficiant d'une telle expérience, on aurait pu espérer que je serais à l'aise dans les soirées à l'extérieur de l'école. Mais comme beaucoup, il ne me suffit pas d'avoir le mode d'emploi pour comprendre. Quiconque s'est déjà retrouvé avec un meuble Ikea à monter sait très bien que la notice explicative est d'une utilité toute relative. On construit sa vie comme on peut, pour la plupart d'entre nous, c'est une étagère bancale prête à se casser la gueule à tout moment. Mais tu as toujours des mecs qui savent se monter des étagères bien droites, comme ça, sans effort. Ce genre de personnes, assis sur le rebord du canapé comme un con, tu as bien le temps de les observer dans les boums. Tu vois bien que, dans la même soirée, ils ont réussi à rouler des pelles à trois filles différentes, quand toi tu es péniblement parvenu à te négocier un slow avec une fille trop gentille pour te dire non. Parfois le type, entre deux roulages de pelles et deux vodkas Coca, veut t'aider. Il arrive titubant vers ta chaise et te dit : « Putain, mec, faut qu'on te trouve une meuf. »

Mais je n'en étais pas à me trouver une gonzesse, je me demandais plutôt comment me faire des amis à l'extérieur de l'école, l'idée était de me préparer au moment où je quitterais le centre. Une copine, c'était trop compliqué, il aurait fallu l'amener chez moi, je n'étais pas prêt à assumer ça. Un pote de l'internat étant bien intégré dans son quartier, je passais mes samedis avec lui. Depuis sa chambre, tout en fumant un joint, ses amis montraient une voiture stationnée sur le parking et disaient que c'étaient des flics. Le soir, on montait fumer sur le toit de l'immeuble… Grâce à lui je vivais enfin une vie de jeune de quartier. Parfois, on allait à la patinoire, tout le monde était à l'aise sur ses patins, avait des choses à raconter aux filles, moi, je restais assis sur le bord de la piste à les regarder ne sachant comment me joindre au groupe. Un peu comme dans les boums, d'ailleurs, il y en avait chez lui aussi. Dans l'une de ces soirées, alors que j'étais cloué à ma chaise, une fille était venue me demander : « Tu ne danses pas ? » Je n'avais pas compris si c'était une invitation ou une constatation, alors j'avais juste répondu : « Euh, non je ne danse pas. » Il s'agissait probablement juste de curiosité face à l'étrangeté. Peut-être qu'elle est devenue aujourd'hui sociologue. Elle aurait ainsi su mettre à profit ses interrogations d'adolescente.

Quand la boum se terminait, j'allais me coucher et je me disais qu'une fois encore il ne s'était rien passé.

*

Ce garçon, les pieds dans la boue, avec sa chemise bleue et son foulard vert et blanc, assis près du feu, chantant avec les autres adolescents, c'était bien moi.

Les pieds dans la boue, ce n'était pas la première fois, quelque temps auparavant, je m'étais inscrit à un cross. Il s'agissait de rentabiliser ma carte UNSS après m'être fait éliminer dès mon premier combat en judo. Ne disposant pas de baskets, j'étais allé en emprunter à une fille aveugle et très jolie de l'internat, que j'aurais bien aimé me faire si j'avais su justement y faire avec les filles. Elle n'avait pas de chaussures de course, mais seulement des tennis blanches, c'est avec elles que je me suis rendu sur le terrain où se déroulait la course. Sur la ligne de départ, mon équipement approximatif déteignait face aux magnifiques joggings des autres présents. Dès le début, j'ai été distancé et, à l'arrivée, les gens me disaient : « Hé, oh, l'arrivée, c'est par là ! » et moi de répondre essoufflé, dégoulinant de sueur : « Non, non, moi, il me reste un tour. » J'étais bon dernier avec un tour de retard sur tout le monde… Probablement dans un souci de légalisme, je suis parti faire le tour manquant tout seul. Résultat, quand je suis arrivé, il n'y avait plus de goûter pour moi. On pourrait se féliciter qu'après une telle humiliation je ne me sois pas découragé, que je sois là, en cette soirée, assis sur un tronc d'arbre à tenter de nouvelles expériences. En réalité, je ne faisais que suivre le courant, allant où l'on me poussait, sans trop de résistance.

La chemise bleue et le foulard vert et blanc, c'était parce que j'étais devenu scout de France. J'avais un couteau dans un étui à ma ceinture. Il n'était pas celui de mes rêves, et j'avais bien fait rire mes camarades lorsque l'un d'entre eux me l'avait montré de loin et que je l'avais confondu avec mon appareil photo. Le couteau faisait partie de l'équipement, mais, à la place de mon Opinel, je rêvais plutôt d'un couteau de survie avec le fil de pêche dans le manche ou d'un gros couteau suisse, celui avec la boussole, la loupe et la montre. Il y en avait de magnifiques dans la vitrine d'un magasin de centre-ville, que je contemplais avec envie. Surtout MacGyver en avait un… C'était grâce à lui que nous avions appris qu'avec trois bouts de tissu et un peu de colle il était possible de fabriquer une montgolfière pour fuir l'Allemagne de l'Est. MacGyver, ce n'était pas un con. Un pote, à l'internat, avait lu, dans un magazine télé, qu'il avait fait des études scientifiques. Bien entendu, cet ami confondait l'acteur et le personnage qu'il jouait, Richard Dean Anderson n'ayant pas fait ce type d'études, mais, au début des années 1990, Wikipédia n'existait pas encore pour se corriger ou se faire démentir. Et nous étions trop paresseux pour aller vérifier l'information dans *Le Petit Larousse,* où, de toute façon, le comédien ne devait même pas avoir son entrée.

Assis à mes côtés, tenant leurs livrets de chant, il y avait les camarades de ma patrouille, ils m'avaient bien accepté malgré mon problème de vue. Le soir, lorsqu'au lieu de dormir nous faisions les cons, les chefs nous obligeaient à sortir de notre tente et nous demandaient de faire des pompes en slip et dans la nuit. Les mecs étaient sympas, mais, hélas, ils avaient l'esprit de compétition. Lors d'un raid, des excursions de deux jours en autonomie, ils avaient tenu à ce qu'on arrive en premier : nous avions atteint le point de rendez-vous avec plusieurs heures d'avance. Le soir, les chefs nous avaient demandé si nous en avions profité pour apprécier la nature, j'avais répondu « oui », mais je me rappelais surtout les autres me disant de marcher plus vite. Heureusement que, durant la randonnée, nous avions croisé l'aumônier, un peu bourré, qui s'était arrêté avec sa voiture pour nous faire chanter au bord de la route. Mes origines sociales n'étaient pas non plus un problème, car je me la jouais issu d'une famille de délinquants, de mecs qui n'avaient peur de rien. Un camarade était fier d'avoir un père policier. Au retour d'un camp, j'étais monté dans sa voiture. Il nous avait montré la carte de police de son père, qu'il venait de sortir de la boîte à gants, et, quand celui-ci est arrivé, j'ai parlé fièrement de ma famille en lui demandant s'il la connaissait. Apparemment non, mais il m'a quand même demandé de changer de véhicule. Je parlais déjà trop.

Autour du feu, il y avait les chefs, parmi eux s'en trouvait un qui avait fait la guerre du Golfe. Ça nous impressionnait. D'ailleurs, lui, il avait un beau couteau, et il était toujours avec la belle accompagnatrice dont nous espérions voir les nichons quand nous allions nous laver dans la rivière. Les chaînes d'info en continu n'existaient pas encore, mais l'indécence journalistique était déjà là. Tous les jours, on nous vendait les bombardements comme un spectacle distrayant et nous en redemandions. On avait l'impression de vivre quelque chose d'historique, une guerre, ce n'était pas rien quand même. Alors, connaître en vrai quelqu'un qui avait participé à un truc vu à la télé, c'était la classe. Il aurait été invité à *Questions pour un champion* ou à *Tournez Manège !*, il nous aurait tout autant fascinés. D'ailleurs, lorsque le fils d'une éducatrice était passé dans cette émission, nous l'avions regardée pendant le repas de midi. Pour l'occasion le poste avait été déplacé dans la salle à manger. Les autres chefs n'étaient pas passés à la télé et n'avaient pas fait la guerre, pour autant ils semblaient nous protéger d'un péril : les scouts d'Europe. Si d'aventure, certains d'entre eux essayaient de nous parler, ils intervenaient et leur demandaient de partir. De toute façon, ces garçons en short, hiver comme été, ne nous attiraient guère, nous étions bien mieux dans nos jeans avec notre chemise bleue comme seul uniforme.

Sur ce petit terrain se tenaient nos tentes, bien droites et fixées solidement au sol. Tout cela n'était pas grâce à moi : au bout d'un an et demi de scoutisme, je ne savais toujours pas monter une tente ou allumer un feu. Ce qui prouve bien qu'il n'y a pas qu'à l'école où l'on n'apprend plus rien.

*

C'était un matin tranquille, j'attendais le bus pour l'école. Il était assis sur le muret derrière l'arrêt, il embrassait une fille. Ah, ce que j'aurais aimé être à sa place, ce que j'aurais aimé être lui, ne serait-ce que pour la fille…

Des filles dans le quartier, je n'en connaissais pas, et lui, je ne faisais que le croiser. Il était un des rares à me saluer. Sûr de lui et souriant, il se promenait entre les immeubles et, lorsqu'il me voyait, me faisait un signe amical, voire s'arrêtait quelques instants. Les autres me regardaient bizarrement lorsque je marchais pour rejoindre mon bâtiment, celui du fond. Je pouvais atteindre ma cage, l'antépénultième – c'est un instit qui m'avait appris le mot, que je m'étais empressé de retenir pour faire le malin – de la barre, sans que personne m'ait adressé la parole. Il n'y avait pas d'hostilité, juste de l'indifférence ou du mépris. J'apparaissais d'autant plus bizarre que personne ne fréquentait la même école que moi ou ne me croisait dans la moindre activité. Seul le centre aéré en juillet nous réunissait.

Lui, je voyais son père rentrer du boulot dans sa tenue orange, il était éboueur. On racontait que, lorsqu'il faisait trop le con, le père sortait le ceinturon. Moi, je n'avais pas de père, alors j'y échappais. Mais, ce jour-là, en le regardant caresser les cheveux de sa partenaire, je ne pensais pas aux coups reçus, aux traces laissées sur le postérieur par la boucle de la ceinture, je l'enviais. Je ne retenais que l'adolescent qui avait l'air si à l'aise sur le parking, serrant des mains, faisant la bise aux filles. Et je me lamentais : « Pourquoi je ne suis pas comme ça ? Pourquoi ne suis-je que moi ? » J'étais persuadé qu'être moi revenait à être dans une prison où j'étais condamné à regarder défiler la vie derrière des barreaux. Alors que lui, il était vraiment dehors, dans le monde. Il vivait… Du moins, je le croyais.

Plus petit, je jouais avec son frère au pied de la cage d'escalier. Lorsque celui-ci a été assassiné dans une cabine téléphonique, j'étais déjà parti, pas très loin du quartier, à peine quelques kilomètres, mais protégé par ma scolarité, mes diplômes, mes nouvelles fréquentations, d'une telle mésaventure. Tué de plusieurs coups de couteau pour une histoire de drogue, m'a-t-on raconté ; je n'ai pas cherché à approfondir, ni même à savoir s'il était vrai que les flics connaissaient les coupables et s'en foutaient. J'ai repensé au jeune garçon en bermuda et en baskets sur les marches de la cage jouant avec la rambarde. Une image fugace, un album photo virtuel, à parcourir les soirs de mélancolie, pour se rappeler toutes ces vies brisées et se consoler de n'être que légèrement abîmé.

Le beau gosse assis derrière l'arrêt de bus n'est pas loin de connaître un destin tout aussi tragique. La fille a disparu, et, lui, a tout perdu de sa superbe : la roue a tourné et l'a broyé. Peut-on dire qu'il vit encore ? Il erre désormais dans les rues entre deux séjours en prison et aux urgences. Les foyers ne l'acceptent plus, car il y fout systématiquement le bordel. Une fois, aux urgences, il paraît qu'ils ont pratiqué des tests pour vérifier ce qu'il avait pris : il était positif à tout. Lorsqu'on se rencontre au hasard d'une rue, il me salue souvent en rappelant notre enfance aux 408, me disant : « T'es un frère du quartier. » C'est un peu cher payé quand même d'avoir été un instant mon modèle. D'autant qu'il n'était probablement heureux que dans mes yeux, ce qu'il possédait n'avait rien d'exceptionnel, et peut-être qu'il mesurait déjà tout ce qu'il n'avait pas. On connaît tous la fin de l'histoire, la vie manque d'originalité, mais on veut croire le contraire, espérer qu'autre chose est possible.

*

J'ai fini par avoir ma chambre, et mes parents une maison. Une assistante sociale, qui nous avait à la bonne, nous avait trouvé une petite maison louée par les HLM. La famille de pauvres un peu bruyante avait été déplacée dans une rue calme composée de familles de propriétaires plutôt issues de la classe moyenne, dans le quartier de Velotte, situé juste derrière les 408.

L'idée était originale, mais il n'y a pas eu de miracle. Et ce n'est la faute de personne. Les voisins s'étaient même montrés accueillants à notre arrivée et, tout au long des années, n'ont jamais fait preuve de la moindre animosité à notre égard. Eux aussi auraient bien aimé que ça marche. Le premier soir, une voisine est venue se présenter, elle était entrée dans le salon si peu meublé, m'avait félicité pour mes santiags, que j'étais en train de cirer sur la table. Elle voulait savoir comment aider. Mais nous ne savions pas trop comment on pouvait nous aider. La maison était bien en deçà des autres du quartier, mais ça changeait du modeste F3 des 408. Devant et derrière, il y avait un petit bout de pelouse, l'herbe s'est mise à pousser sérieusement, la voisine d'en face voyant cela était venue passer la tondeuse. Elle avait ensuite invité mon frère et ma sœur pour le goûter. La même s'était inquiétée lorsqu'elle m'avait vu lourdement chuter de mon vélo en accrochant mon guidon dans un grillage. Le monde n'est pas peuplé que de salauds et les voisins ne sont pas toujours des plaies. Malgré cela la greffe n'a pas pris. Les disputes quotidiennes de mes parents, leurs amis qui pouvaient faire peur, traçaient une frontière infranchissable. Les voisins auraient bien voulu, mais personne n'a pu. En voyant ma mère en robe, chaussée de ses bottes de neige hiver comme été, suivie de mon beau-père avec mes vieilles Nike Air, que je lui avais refilées, encombrés de leurs sacs de commissions, descendre la rue, il n'était pas nécessaire d'être d'une grande lucidité pour comprendre que ça ne marcherait pas.

L'avantage a été tout de même d'avoir enfin une chambre rien que pour moi. Je pouvais m'isoler et lire tranquillement. Quand ma mère venait, elle regardait avec admiration tous ces livres qui s'entassaient et demandait : « Tout ça, c'est pour finir plus haut dans les bureaux ? » Tout le monde me trouvait un peu chiant, mais j'étais celui dont on disait qu'il allait bientôt rejoindre le lycée. Ça me donnait une sorte d'aura et m'offrait le luxe de pouvoir contredire les adultes sans qu'on me demande de fermer ma grande gueule. Ici, les plus chanceux avaient eu un CAP, et ma mère n'avait même pas son certificat d'études. Quand je la questionnais à ce sujet, ce n'était pas très clair. Elle parlait d'une maison de repos tenue par des bonnes sœurs, de punitions, de trois jours au pain sec et à l'eau dans le cellier, de son frère, que je n'ai jamais rencontré, qu'elle essayait de rejoindre... On l'avait sortie de là, juste pour passer son certificat d'études, qu'elle n'a pas pu avoir, puisque jamais vraiment scolarisée. Aujourd'hui, elle me dit parfois : « J'aurais bien aimé aller à l'école, comme toi, j'en serais peut-être pas là, enfin, je dis bien, peut-être. » Ma mère, c'est une mine d'or, c'est con que je ne sache pas creuser.

L'école était chose abstraite tout en étant respectée. Ici, personne ne disait du mal des professeurs, c'était quelque chose de tellement lointain… On ne pouvait gloser sur le service des enseignants faute de le connaître. En fait, on voyait bien que tous savaient ce qu'ils avaient perdu de n'avoir pas pu y aller trop longtemps. Étant celui qui avait la chance d'être encore scolarisé, j'abusais de mon petit privilège, et on me laissait faire. J'ai ainsi très vite voulu regarder des reportages, notamment ceux d'*Envoyé Spécial*. Ça faisait chier tout le monde, mais ma mère n'osait pas dire non. Quand je me suis découvert une passion moins légitime, la Formule 1, j'ai gagné le droit d'avoir une télévision dans ma chambre. Il faut comprendre ma famille, à l'époque, entre La Cinq et Eurosport, on pouvait voir les essais libres, qualificatifs, le warm-up, la course et les diverses émissions. De quoi pourrir le week-end de tout le monde. Une fois ma télé obtenue, c'est un monde nouveau qui s'est ouvert à moi, entre les clips musicaux de MCM et MTV pour occuper les insomnies, les séries *Dream On* ou *Angela 15 ans,* diffusées par Canal Jimmy, et le *Cercle de minuit,* où j'espérais me cultiver en écoutant tous ces gens qui avaient l'air si intelligents en crachant la fumée de leurs cigarettes. J'allais parfois chercher ma mère pour lui montrer ça, je voulais qu'elle partage mon enthousiasme. Mais ma mère était plus intéressée par les films ou les téléfilms. C'était une téléspectatrice particulièrement investie, car elle essayait invariablement de prévenir le futur assassiné que le meurtrier se trouvait derrière lui.

En plus de la télé, j'avais réussi à me faire offrir une Sega Megadrive sur laquelle je passais mes après-midi avec mon jeu de Formule 1. Une console, c'est important, surtout pour se faire des amis. Je le sais, j'ai réussi à m'en trouver un. Ce copain venait chez moi jouer avec ma console, et moi, je le regardais tout en dessinant ou en feuilletant un livre. Il était très bien, il ne faisait jamais de remarques désobligeantes sur la saleté qui régnait à la maison, sur mes parents qui détonnaient dans le quartier, sur le fait que, sur mon lit, il n'y avait ni drap ni couette, mais un simple sac de couchage posé à même le matelas. Tout ça pour la simple et bonne raison qu'on ne se parlait quasiment pas. N'empêche qu'il venait chez moi, et de manière volontaire, ce n'est pas rien. Ce mec, ce n'était pas n'importe qui. Il était grand et beau, il traînait avec une fille magnifique et grande, elle aussi, que j'avais repérée. Hélas, ma situation familiale et mon manque de charisme m'interdisaient de lui adresser la parole, et nous étions encore trop jeunes pour que la pitié la conduise à m'offrir un ersatz d'amitié comme lot de consolation. Je sentais déjà que plus profond que la misère, il y avait l'humiliation de toutes ces filles qui ne m'aimeraient pas. On peut vivre sans richesse, mais peut-on se consoler de ne jamais sortir avec cette fille si sûre d'elle avec son cartable à l'arrêt de bus ?

À travers la porte vitrée qui donnait sur la rue, les passants pouvaient observer la famille s'agiter, s'invectiver, autour de la table du salon. C'était sûrement un spectacle assez distrayant, une sorte de téléréalité avant l'heure.

*

Derrière le bâtiment principal de l'école se trouvait une seconde cour, plus petite, et, au milieu de celle-ci, un préfabriqué qui servait de salle d'étude pour les internes.

En entrant, on voyait quelques étagères avec des livres : l'unique pièce faisait aussi office de CDI. Posés sur les rayons, il n'y avait que des ouvrages en noir. Ceux en braille, prenant trop de place, étaient stockés ailleurs. Un roman se déclinait en plusieurs épais volumes, le manuel de français en faisait dix-huit, à l'heure des devoirs, en préparant son cartable, il ne fallait pas se tromper. Les aveugles, pour beaucoup, avaient recours à la bibliothèque sonore composée d'enregistrement sur des cassettes audio de bénévoles en train de lire. Que ce soit sur papier, en raison du coût d'une transcription, ou en audio, en raison de la sociologie des bénévoles qui ne les inclinait pas à l'audace, le choix était restreint et sans originalité. C'est en me voyant traîner entre les rayons que la documentaliste était venue vers moi pour me conseiller de lire *Chiens perdus sans collier* de Gilbert Cesbron et *Un prêtre chez les loubards* de Guy Gilbert.

C'était pour me montrer que les livres pouvaient parler de gens comme moi. Mais en noir, le choix aussi était réduit.

Quelques tables regroupées en îlots suffisaient à accueillir une petite vingtaine d'élèves. Les écoles spécialisées ne sont pas concernées par les classes surchargées. L'inconvénient pour tous ces enfants est que, les jours de récitation, ils ont intérêt de bien avoir appris leurs leçons, le risque d'être interrogés était d'autant plus grand que le nombre d'élèves par classe est faible. Dans la salle, on entendait seulement le bruit des machines Perkins et des poinçons perforant le papier préalablement mis dans les tablettes brailles. Ces dernières, moins encombrantes et moins bruyantes que les machines mécaniques, permettaient une écriture manuelle. Tout semblait paisible, tant que je n'étais pas là. Claire, la surveillante, une étudiante en deuxième année de droit, pouvait, après s'être habituée à cette ambiance un peu particulière, relire ses cours.

Et puis je suis arrivé, dans une sorte de tourbillon de gestes désordonnés, de paroles lancées comme on envoie des fusées de détresse, pour rappeler à tous que l'on est bien vivant. J'ai jeté mon cartable sur une table, interpellé un camarade, puis un autre. Toute cette agitation ne pouvait passer inaperçue, mais elle n'était ni supportable ni tolérable dans un lieu consacré au travail. Ce qui devait arriver arriva. Le lendemain, dans les couloirs de l'école, le bruit s'est répandu… la pionne avait osé coller le turbulent, comme si c'était aussi saugrenu que ça. Il faut croire que tout le monde avait oublié mon comportement ou s'y était habitué. De cette pâte si difficile à malaxer, les adultes ne s'étaient pas arrêtés aux grumeaux qui remontaient à la surface. Plus exactement, ils voyaient, ils avaient vu, au fil des ans, la progression, et tant pis s'il restait encore quelques coups d'éclat. Très rapidement, la surveillante a fini par se ranger à l'opinion commune et s'est dit qu'avec moi il y avait mieux à faire.

Comme elle ne craignait pas les postillons, elle a décidé bien vite que désormais je devrais passer l'étude assis en face d'elle. Elle ne craignait pas non plus les regards insistants du jeune adolescent sur sa poitrine, se contentant de faire remarquer : « Je t'ai déjà dit qu'il ne fallait pas regarder les gens comme ça, de bas en haut. » Puis la conversation s'engageait, je lui demandais ce qu'elle pensait de ceci, de cela, si elle connaissait des gens qui avaient fait Mai 68, ce qu'elle écoutait comme musique, si elle aimait Cavanna, que je venais de découvrir. Les élans de la puberté ne permettaient pas toujours de soutenir le regard, les yeux tendant inexorablement à s'aventurer quelques centimètres plus bas. Pourtant, quelque chose d'autre se passait, dans l'indifférence des autres élèves, je parlais beaucoup de moi, de ma famille, de ce que je voulais faire plus tard. Elle écoutait tout ça avec la plus grande attention, parfois posait des questions, m'encourageait dans mes aspirations. Je devais être moins chiant qu'un cours de droit administratif.

Avant le repas du soir, on pouvait passer devant le préfabriqué, le calme semblait y régner, l'adolescent turbulent avait été domestiqué, le temps d'une étude. C'était déjà ça.

*

En troisième, mon éducatrice référente était membre de Lutte ouvrière, mais elle était drôle quand même. Le mercredi, nous lisions ensemble, dans le bureau de l'internat, *Charlie Hebdo* et *Le Canard enchaîné*. C'est elle qui m'a convaincu de m'inscrire à un cours de dessin.

L'éducatrice venait, comme moi, d'un milieu populaire. Avec la secrétaire, ça faisait déjà au moins deux personnes, dans cette école, issues d'un milieu défavorisé. D'un milieu « *qu'on a* » défavorisé devrait-on dire... Si cette origine commune encourageait le contact, c'était un peu décevant de voir que mon parcours n'était pas si original que ça. L'aspect rassurant d'avoir la preuve devant soi que c'était possible se payait en renonçant obligatoirement à se croire exceptionnel. Le premier diplôme qu'elle avait obtenu, c'était un CAP de femme de ménage, sa mère était tellement fière qu'elle avait voulu l'afficher dans le salon. Elle lui avait dit de ne pas s'emballer. Le passage de l'école au monde professionnel lui avait permis de mesurer tout ce qui sépare la théorie et la pratique. En cours, les enseignants expliquaient très savamment quel produit utiliser pour chaque surface, la réalité en entreprise était plus prosaïque, il fallait frotter avec ce qu'on voulait bien te donner. C'est peut-être pour ça qu'elle était devenue militante et s'était intéressée à une théorie qui tentait d'expliquer le réel plutôt que de l'imaginer.

Elle était lesbienne, et, sur cette question, certains révolutionnaires s'étaient montrés aussi peu ouverts que les bourgeois. Mais ces temps semblaient en partie révolus, ce qui ne signifiait pas que tout allait pour le mieux, comme je pouvais le croire naïvement du haut de mes 15 ans. Dans le petit écran, il y avait, certes, des homosexuels, mais, dedans comme dehors, les blagues et les réflexions homophobes fusaient. Il est probable qu'il n'aurait pas été facile d'être homo à l'internat, ça ne l'était déjà pas dans cette petite ville de province, et jusque dans son centre-ville. Le parc Micaud, longeant le Doubs, où les familles venaient en journée avec leurs enfants, était, le soir venu, un lieu de rencontre. Il n'était pas rare de lire dans le journal local que quelques-uns avaient été agressés. Le lendemain, la vie recommençait, les enfants admiraient les canards depuis le parc, et on continuait à dire qu'il ne fallait pas exagérer, aujourd'hui les homosexuels étaient acceptés. Des dents avaient été cassées, et c'était comme si rien ne s'était passé.

Un jour, elle m'a montré un petit livret illustré où étaient proposés des ateliers à destination des enfants et des adolescents, parmi ces derniers se trouvait un cours d'initiation à la BD proposé par celui qui s'était occupé de la plaquette. L'idée était loin de me séduire, le monde extérieur me faisait peur. J'avais des amis ici, rien ne garantissait que je serais capable d'en avoir ailleurs. Tant d'activités entreprises hors de l'école, et je demeurais un petit enfant effrayé. Lorsque je prenais le bus, ma place préférée était celle juste derrière le chauffeur, je n'osais pas me mêler aux autres voyageurs. Le dessin, c'est justement un passe-temps de solitaire. Il demande peu de moyens, comme le foot, qu'on joue sur un terrain vague avec les pulls pour marquer les cages, et il a l'avantage de ne même pas avoir besoin de copains. *Charlie Hebdo* venait de reparaître, Renaud y tenait une chronique, ce qui m'avait incité à l'acheter. Il y avait aussi le dessinateur Siné, dont j'avais découvert, par hasard, à la médiathèque, les deux tomes de ses dessins publiés dans *L'Express* entre 1958 et 1962. Cela avait été une révélation, trente ans plus tard ; sans débauche de moyens et avec un trait qui paraissait simple, cela fonctionnait encore. L'efficacité, la pertinence semblaient à portée de main, ça donnait envie de s'y essayer.

Un éducateur avait bien compris mon intérêt pour la caricature, il m'avait proposé de faire une présentation du programme télé, le lundi, aux internes, et d'afficher ma sélection illustrée dans le hall de l'internat. Les élèves étant, soit encore plus malvoyants que moi, soit aveugles, ça réduisait à presque zéro le nombre de lecteurs potentiels de mes dessins copiés sur ceux de Charb, Luz ou Tignous. Pourtant, l'éducateur me demandait d'en effacer certains, je les biffais alors et ajoutais fièrement « *Censuré* ». Si jeune et déjà si censuré. Il était évident que mes reproductions de dessins, parfois scatologiques, parfois pornographiques, n'avaient pas forcément leur place dans un lieu fréquenté par des collégiens, mais leur refus par un adulte m'offrait l'illusion, à peu de frais, d'être un vrai rebelle. Ne sachant jouer d'aucun instrument ni chanter, je ne risquais pas de monter un groupe de rock pour exprimer ma rage, le dessin se présentait alors comme un bon exutoire.

J'ai suivi les conseils de l'éducatrice et me suis inscrit au cours. Lors de notre première rencontre, j'ai dit au dessinateur que je voulais faire des caricatures comme dans *La Grosse Bertha*. Il m'a alors répondu : « Ça tombe bien, j'y ai un peu dessiné. » Ensuite, je lui ai expliqué que j'étais malvoyant. Hasard que permettent les petites villes, il connaissait la secrétaire de mon école, dont le fils était son meilleur ami. Au bout de quelques semaines, on a bien sympathisé, et il m'a proposé de m'avancer un bout de chemin avec sa bagnole. Dans sa 4L, on discutait pas mal, mais je ne comprenais pas tout ce qu'il me disait. Ce qui ne m'empêchait pas de le répéter le lendemain au repas de midi. Un mec dont on voit les dessins dans les journaux, c'est un peu un mec connu, je voulais donc faire profiter tout le monde de nos conversations. Ça sentait le mec qui se cherchait des modèles, qui, à défaut de religion ou de famille, devait se trouver autour de lui des repères. Alors, je l'interrogeais un peu sur tout, y compris sur ses goûts culturels. Ce n'est pas facile de savoir tout seul ce qu'on a le droit d'aimer.

Le mardi soir, je me rendais, avec mes feuilles A3, mes feutres, mes plumes et mon encre de Chine, dans les locaux de l'association où se déroulait l'atelier. Autour de la table, les enfants avaient plus ou moins le même équipement, ce n'était pas un enseignement très académique, chacun était libre, le dessinateur passant derrière pour prodiguer des conseils. Chaque participant étant concentré sur ce qu'il faisait, cela évitait que les autres ne s'attardent sur ce mec bizarre qui encrait, le nez collé sur sa feuille. Très influencé par la lecture d'un hebdomadaire qui se vendait 10 francs le mercredi, j'avais une idée assez précise de ce que je voulais dessiner : des militaires et des policiers méchants, des curés pédophiles, des patrons salauds, etc. Si jeune et déjà tant de clichés en tête. Mais étaient-ce vraiment des clichés ?

CECI N'EST PAS UNE FIN

Pour rejoindre le centre-ville, depuis la colline de Bregille où se trouvait l'école pour malvoyants et non-voyants, il y avait de longs escaliers qu'il était préférable de prendre dans le sens de la descente tant ils étaient pentus. On les appelait les « escaliers du funiculaire » parce qu'ils longeaient des rails abandonnés depuis quelques années déjà.

C'est là que j'ai croisé deux copains, à peine plus âgés, qui revenaient du lycée et retournaient à l'internat. J'avais mes santiags et mes cheveux longs. Tout le monde disait que c'était pour faire comme mon idole Renaud, que j'écoutais en boucle à l'école sur le radio-cassette laser de la salle à manger, faute d'avoir un poste personnel. En réalité, j'avais des cheveux longs et des santiags parce que j'étais un rebelle et que je voulais que tout le monde le sache. Je prétendais que j'étais anarchiste. Un peu, c'est vrai, parce que le « chanteur énervant » déclarait l'être plus ou moins lui-même. J'achetais parfois *Le Monde Libertaire*, un peu, c'est vrai aussi, parce que j'avais lu que Brassens y avait écrit. Sur l'étagère de ma chambre, j'avais dessiné avec un feutre le fameux A et écrit « *Ni Dieu ni maître* ». Tout cela inquiétait ma mère, anarchiste, pour elle, ça voulait dire un peu délinquant. Pour mon beau-père aussi, semble-t-il, car ce con est allé répéter à l'assistante sociale que j'étais anarchiste, pensant probablement que c'était interdit par la loi.

Je tenais vraiment à ce que tout le monde sache que j'étais un rebelle. Alors, je marchais dans les rues, sûr de moi, les cheveux au vent, puant le shampoing aux œufs vendu par bouteilles d'un litre dans les hard-discounts afin de montrer ma rébellion à tous. Mais tous ces gens qui passaient devant moi comprenaient-ils que j'étais vraiment un contestataire ? Pour que les choses soient encore plus claires, je me suis mis à fumer. À me voir ainsi, la cigarette à la main, on ne pouvait pas douter que je n'étais pas du tout, mais alors pas du tout, d'accord avec cette société. Fumer, c'était interdit à l'internat, mais nous avions obtenu l'autorisation des éducateurs de nous promener dans le quartier de 20 heures à 21 h 30. Nous partions avec une bouteille d'eau et du savon afin d'éliminer l'odeur sur nos mains et, lorsque nous revenions, nous courions nous brosser les dents. Un éducateur nous avait fait remarquer ironiquement que nous avions une hygiène dentaire parfaite, ce qui n'était pas le cas pour le reste. Il est vrai qu'après l'extinction des feux nous passions notre nuit à parler, le réveil s'avérait alors difficile, la douche matinale devait souvent être sacrifiée. Nous étions conscients du privilège obtenu et notre comportement était devenu désormais irréprochable. On n'a jamais trouvé l'occasion de nous retirer ce qui nous avait été naïvement accordé.

Avec les deux copains, on s'est mis à discuter du lycée que j'allais rejoindre l'année suivante. Ça me semblait inquiétant, ce serait la première fois, si on excepte la maternelle, que je serais dans une école « normale ». Comment allais-je faire avec tous ces gens ? Déjà, l'un des potes m'a dit que les cheveux longs, selon lui, ça ne le ferait pas, et probablement les santiags non plus. Je me suis quand même rendu avec pour le rendez-vous d'inscription dans l'établissement privé qui travaillait en partenariat avec notre centre. J'ai tout de suite demandé au proviseur adjoint si, dans son école, il n'y avait pas trop de curés. Il m'a alors répondu : « T'es un anarchiste révolutionnaire ? C'est bien, on pourra parler. » De fait, il viendra ensuite souvent me voir à la récré soit pour me parler de *Charlie Hebdo*, soit pour me demander si je savais qu'il y avait une rue Louise Michel à Besançon. Mais, déjà, je n'avais plus ni cheveux longs ni santiags ; dans ce lieu étrange, je n'étais pas certain de me faire des amis, j'étais déjà bigleux et pauvre, je n'allais pas aggraver mon cas.

Alors, j'allais dans la cour de récré avec ma cigarette, me demandant comment faire pour intéresser tous ces gens qui avaient l'air tous bien mieux que moi.

ROMANS PARUS CHEZ ALMA ÉDITEUR

*

Paul Andreu, *Kaléidoscope*
Sergio Aquindo, *Bête à gravats*
Marie Baudry, *Ossip Ossipovitch*
Lucas Belvaux, *Les Tourmentés*
Camille Brunel, *La Guérilla des animaux*
Camille Brunel, *Les Métamorphoses*
Camille Brunel, *Ecatepec*
Martial Cavatz, *Les Caractériels*
Stéphanie Chaillou, *L'Homme incertain*
Stéphanie Chaillou, *Alice ou le choix des armes*
Marie de Chassey, *Ce qu'il reste à faire*
Hadia Decharriere, *Formol*
Arnaud Dudek, *Rester sage*
Arnaud Dudek, *Les Fuyants*
Arnaud Dudek, *Une plage au pôle Nord*
Arnaud Dudek, *Les Vérités provisoires*

Arnaud Dudek, *Tant bien que mal*
Alain Giorgetti, *La nuit nous serons semblables à nous-mêmes*
Alain Giorgetti, *Massif*
Lenka Horňáková-Civade, *Giboulées de soleil*
Lenka Horňáková-Civade, *Une verrière sous le ciel*
Lenka Horňáková-Civade, *La Symphonie du nouveau monde*
Lenka Horňáková-Civade, *Un regard bleu*
Marie Maher, *Pour la beauté du geste*
Marie Maher, *Klaus Klaus*
Patrick Martinez, *Ligne de basse*
Patrick Martinez, *Lui seul*
Xavier Mauméjean, *American Gothic*
Xavier Mauméjean, *Kafka à Paris*
Xavier Mauméjean, *La Société des faux visages*
Xavier Mauméjean, *El Gordo*
Julie Moulin, *Jupe et pantalon*
Julie Moulin, *Domovoï*
Karin Serres, *Les Silences sauvages*
Karin Serres, *Quelques moments sans gravité*
Guillaume Siaudeau, *Tartes aux pommes et fin du monde*
Guillaume Siaudeau, *La Dictature des ronces*
Guillaume Siaudeau, *Pas trop saignant*
Guillaume Siaudeau, *Inauguration de l'ennui*
Guillaume Siaudeau, *Lundi mon amour*
Avril Ventura, *La Meilleure Part d'eux-mêmes*
Juliette Willerval, *Sur la plage*

Cet ouvrage a été composé par IGS-CP
à L'Isle-d'Espagnac (16)
et achevé d'imprimer
par la Nouvelle Imprimerie Laballery, à Clamecy (58)
en avril 2024.

Imprimé en France
Dépôt légal : août 2024 – N° d'impression : 404397